奥丁
洛基
托尔
弗蕾娅
巴德尔
海拉
克瓦希尔
弗雷
伊敦恩
海姆达尔
耶梦加得
弗丽嘉
芬里尔

NATIONAL GEOGRAPHIC

国家地理神话故事宝库

北欧神话

[美国] 唐娜·乔·纳波利 著
[英国] 克里斯蒂娜·巴利特 绘
杜冬 译

译林出版社

前　言

在中世纪，欧洲许多国家在书写和讲述故事时，已经开始使用拉丁语。例如德国人和法国人在与朋友、商业伙伴对话时会说德语或法语，但在写书或讲故事时，就会使用拉丁语。当年居住在如今斯堪的纳维亚半岛上的人，会说古北欧语，这是北欧三国即挪威、丹麦和瑞典的通用语言。即使拉丁文字已经传入北欧人定居的冰岛，冰岛人也习惯用北欧语而不是拉丁语来书写。在冰岛，斯堪的纳维亚诗歌和歌曲是日常生活的基础，人们会想一切办法聚集到大厅里听故事，村子里也经常有来访的诗人。毕竟，听故事可以温暖一个漫长而寒冷的夜晚。正因为如此，哪怕到了12世纪中叶，一些北欧人依然顽固地坚持其固有的世界观，你很快将要在书里读到这种世界观。

北欧故事在很多方面反映了挪威人和冰岛人居住的地理世界。挪威群山遍布，最高的山峰寸草不生，还有四座山是火山。冰岛则被火山覆盖，许多还是活火山。在冬季，两个国家都有大片国土被冰雪覆盖，有些地区甚至长年冰雪不化，两个国家都有一条长长的海岸线，被冰冷的大海所包围。在这样的环境中，陆地和海洋看起来是有生命的。大地可能随时咆哮，吐出烈火将你吞噬，大地也会震颤摇晃，带来雪崩，淹没你的家园。即使是块石头，若和一块透明的石头猛撞，也能产生炽热的火花，把手头的几根枯枝给点着。难怪不仅生物有名字，各种各样的东西也有名字。桥梁和大厅，树和剑，不同的物品都有个性和力量，需要称呼它们的名字来表示敬意，而且永远永远不要轻易挑逗它们。

这个世界一定看起来异常危险，任何一扇门后都可能遭遇死亡，而且死法又无比残忍可怕。尽管如此，他们还是跳上小船，勇敢地穿越狂风暴雨的海洋，探索和开发了其他世界。斯堪的纳维亚人既敬畏未知的一切，又不屈从于此。即便诡计使得结局悲惨，但至少有勇气来增添神话的色彩。由于始终面临困境，这可能还有助于他们建立一个民主社会，在这个社会中，所有自由的男人（女人不行，奴隶也不行）都有投票权，就像所有的神在主神奥丁领导的集会上都有投票权一样。人们的生活取决于众人在社区会议上所做的决定，所以大家既要享受利益，也要承担责任。

目　录

1 创　世

9 宇　宙

19 众神之战

27 奥丁的探索之路

35 洛基可怕的孩子们

43 赌注和宝藏

51 变形者

59 海姆达尔儿孙满堂

67 弗蕾娅的耻辱

75 雷神之锤

83 贪婪的托尔

93 伊敦恩的苹果

103 丝卡蒂和尼奥尔德

113 弗雷和吉尔德

121 酿下大错

131 众神复仇

139 克瓦希尔的不朽诗篇

153 毁　灭

165 后　记

170 北欧历史大事年表

172 人物介绍

创世

创 世

大地的北方曾千里冰封，只有风雪严霜，别无他物。这里名为尼福尔海姆，代表着荒凉。

南方则是热火熊熊，吞噬涉足于此的一切生灵。这里叫穆斯贝尔，代表着疯狂。

两者之间则是巨大的旷野，被称为金伦加鸿沟。鸿沟在等待着时机。

在北方王国里，从赫瓦格密尔泉水中，水流汩汩而出，汇集成十二条河流，一路流向旷野，汇集在金伦加鸿沟的北部。冰河迟缓又厚重，如同冰冻的糖浆，有剧毒的糖浆，四周阴风怒号，徘徊不去。

金伦加鸿沟的南部却又无比炎热，穆斯贝尔使得大地如同熔岩一样融化。

于是北方的冰风遇上了南方的暑热，让金伦加鸿沟的中部略微温和了些。冰河刚好能够融化，水滴浇灌了整个广阔的中央大地。

这就足够了：冰霜巨人伊米尔从水滴中诞生。他左腋窝中滴下的汗珠长成了一个儿子和一个女儿。伊米尔的双脚搓动时，另一个冰霜巨人就诞生了。伊米尔的一举一动，甚至一个念头，都会诞生更多的冰霜巨人。所有的冰霜巨人都会吐口水。考虑到他们身体里流淌的是如此苦涩的液体，他们这样做又有什么奇怪的？

上页图注：

冰霜巨人伊米尔从金伦加鸿沟融化的水中出现。他腋窝的汗水里诞生了一个女儿，脚上诞生了一个儿子。奶牛欧德姆布拉不断舔舐冰块，直到第一个神灵布里的头显现出来。

太阳和月亮

天体运动

从前，人们认为太阳和月亮会在天空中穿行。但在 1543 年，天文学家尼古拉斯 · 哥白尼称，他观测到的星座和月食情况表明，地球是围绕着太阳旋转的。后来天文学家第谷 · 布拉赫和约翰内斯 · 开普勒做了天文学的测量，行星围绕太阳运行的开普勒定律由此诞生。1609 年，伽利略 · 伽利雷发明了望远镜，通过对金星的观测，证明了哥白尼的理论模型。

天气变得更加宜人，金伦加鸿沟的坚冰不断融化。融化的冰雪中出现了一头奶牛，身形巨大，性情温和，名字叫欧德姆布拉。从它的乳房下流出了四条牛乳河流。它站在闪闪发光的、苦咸的冰块中，开始舔舐盐冰块，这是奶牛的天性。它巨大而粗粝的舌头舔了整整一天，直到冰块中出现了头发。第二天，它又舔了整整一天，整个头颅出现了。到第三天的夜晚，一个生命已经从冰块中完全出现，他就是布里，第一个神灵。

布里很快就生了一个儿子，名叫博尔，博尔娶了一个冰霜巨人的女儿，生了三个孩子，也就是布里的孙子们，分别叫奥丁、维利和威。

现在问题来了：博尔的儿子们和冰霜巨人一族成了死敌。这很正常，因为此时的世界依然是冷酷无情的，一面是坚冰，一面是火焰，仇恨自然会滋生蔓延。博尔的儿子们杀死了伊米尔。

博尔的三个儿子杀死了第一个冰霜巨人伊米尔，用他的身体躯干创造了不同的世界以及世界上的万物。他们用巨人的头骨制成了天穹。

上古冰霜巨人伊米尔的鲜血在金伦加鸿沟上喷涌，淹死了所有的冰霜巨人，只有两个除外，也就是贝格尔米尔和他的妻子。他俩逃到船上，任凭血浪裹挟着船只漂流。

博尔的儿子们眼前是伊米尔巨大的尸体，他们找到了解决之道：死亡中可以孕育出生命。这或许是生命的循环。他们利用伊米尔尸体上的不同部分创造了众多不同的世界。他的鲜血成了海洋和湖泊。他的肌肉成了土地。他的骨头成了山脉。他的牙齿成了山岩和卵石。

伊米尔被挖空的头骨成了天空。博尔的三个儿子将伊米尔腐烂的尸体上蠕动的蛆虫取出来，创造了一个矮小的物种，就是矮人。他们派出四个矮人分别去支撑这个头骨天空的四角，使天穹笼罩大地。四个矮人中一个叫诺德里，也就是北方；一个叫奥斯特里，东方；一个叫苏德里，南方；一个叫威斯特里，西方。其他的矮人则纷纷逃往岩洞里谋生。他们成了熟练的工匠，为天神打造精美的财宝。

但伊米尔的身体还有许多部分可以利用。博尔的儿子们将他的大脑抛上天空，成为云朵。他们从穆斯贝尔偷来余烬，创造了太阳和月亮，从火花中创造出群星。

他们用伊米尔的眉毛创造出一面阻挡巨人的长墙。长墙之外就是约顿海姆，幸存的两个巨人就在那里生活。长墙之内就是中土。

中土如今不受巨人、冰霜、烈火的侵害，空气宜人。野葱和芬芳的三叶草使得大地变成绿色，大树拔地而起，有云杉、榆树和桤树。神灵的数量也日渐增多，他们在大地上漫游。三个神灵发现了海滩上的两块漂流木，并以此创造了第一个男人和第一个女人。奥丁将自己的嘴唇贴上他们的嘴唇，赐予了他们呼吸，他们因此可以生存和爱。海尼尔给了他们思想，他们因此可以理解和欢笑。洛德给了他们感觉，他们因此可

女巨人“夜”有极黑的头发，她的儿子“昼”则有最明亮的头发，他们驾驶着战车穿越天空。后来，他们的战车由人类来指引，凶猛的狼斯库尔还有他的狼兄弟会一直追逐着这辆战车。

以欣赏美。世界上第一个男人阿斯克和第一个女人埃姆布拉开始繁衍后代，他们的孩子布满了整个中土。

与此同时，巨人们也在繁衍。其中一个女巨人有渡鸦一样浓黑的头发，树皮一样粗糙的皮肤，光是触摸到她都会让人颤抖，她的名字叫“夜”。她有一个儿子，他的头发像火焰之国穆斯贝尔的火苗一样鲜亮，皮肤如同奶牛欧德姆布拉的牛奶一样白净。人们触摸到他都会笑。他的名字叫“昼”。他俩是如此耀眼，甚至让奥丁也着了迷；他让“夜”和“昼”各自驾驶一辆战车，一前一后，互相追逐着横穿天空。夜的马匹叫作赫利姆法克西，鬃毛上冰霜凝结。昼所驾驭的马匹叫斯基法克西，鬃毛上火花飞扬。

与此同时，一个生活在中土的人类生下了两个美貌惊人的孩子，他

们的容貌甚至可以和众神创造的万物比美。这人给自己的女儿起名叫太阳，给儿子起名叫月亮，他的傲慢犯下了大错。博尔的儿子们愤怒了，他们抓住了这两个孩子，让太阳引导昼的马车，让月亮引导夜的马车。马车疾驰不停，因为身后各自有一匹恶狼在追赶。恶狼是女巨人巫师的孩子，她生活在中土以东的铁木森林中。恶狼哈提追赶着月亮，在众神的黄昏的最终决战中，它将最终抓住月亮。恶狼斯库尔则在太阳的身后龇牙和低吼，最终它也会抓住太阳。

万物就是这样开始的，也将这样结束。

宇宙

宇 宙

宇宙有三层，每层都有许多世界。中间那层是许多生命的家园。人类的土地是中土。冰霜巨人则有约顿海姆。

众神也需要一个家园。而在宇宙的顶层，只有一个世界：亚尔夫海姆。这里是快乐的光之精灵生活的地方。于是博尔的儿子们决定在这里为众神打造一个世界，就在亚尔夫海姆旁边。他们称这个众神之国为阿斯加德，这里有广阔的原野和精美的议事大殿。

如今众神繁衍壮大，他们的行列中也加入了许多不同的生灵，有善良的巨人，也有精灵。他们将奥丁尊为父亲，称他为众神之父。这个庞大的神灵家族自称阿萨神族。他们建造了一座燃烧着的彩虹之桥，名叫彩虹桥，从中土连接到阿斯加德。彩虹桥上烈焰熊熊，四周还有高大的石墙保护，外人无法入侵阿斯加德。但彩虹桥上的烈火却不会伤害阿萨神族，当众神迁往阿斯加德新居时，在他们飞奔的马蹄下，桥上的火焰变作三道闪耀的光彩。

阿萨神族用一整块黄金修建了圣堂，称其为金宫，以其为宫殿，还为女神们特别修建了一座会堂，名叫梵格尔夫。他们修建了有锻造炉的住所，用来打造铁锤、铁钳、铁砧等工具，并且用石头、木材和金属等材料来把住所装饰得尽善尽美。他们吃饭用的餐具都是金制的。

奥丁建造了自己的会堂，名为白银之厅，屋顶上铺

上页图注：

独眼的奥丁作为守护父神、众神之父，坐镇阿萨神族的世界阿斯加德。喷着火焰的彩虹桥一头连接着人类的世界中土，一头跨越阿斯加德的围墙，进入众神的世界。

满了纯银。他所坐的高大王座叫作至高王座，坐上去就能遍览宇宙中的所有世界。如今还多了一个世界，即华纳海姆。众神已经分成了两个部分：一部分是阿萨神族，住在阿斯加德；另一部分则是华纳神族，生活在华纳海姆。阿萨神族自视为宇宙的真正统治者，因此，阿萨和华纳两族的关系当然不会太融洽，所以奥丁需要格外关注华纳海姆。

奥丁坐在至高王座上君临天下，他戴着头盔，两只肩膀上各立着一只渡鸦。他的脚下则盘踞着两头恶狼基利和弗利奇，不管奥丁给它们丢下什么食物，这两头饥饿的野兽都会大口吃掉。食物总是很丰盛的，因为奥丁不需要吃饭，只需要喝酒。传说中，这两头狼也会吃可怕的东西——人的尸体。

宇宙的中心

长在田野中的一棵梣树

北欧神话中，宇宙的中心是一棵名叫世界之树的梣树（见第 13 页），这个神话可能起源于生活在北极圈里的萨米族。萨米人建住所时，先撑木杆，再将兽皮覆盖在木杆上铺开。因此，树就是一个家的中心。世界之树之所以是梣树是有道理的。梣树不易开裂，可以用来制作良好的弓和工具的握把。它有弹性，所以可以制成很好的攀登手杖。它易燃，即便刚砍下来都是好燃料。它又很坚硬，所以能持久使用。

人的尸体是不会缺的，因为人类远比众神要脆弱，更容易死去。宇宙第三层，也是最下面一层，是死者的王国。从中土出发，向北、向下，骑马要九天才能抵达。这就是幽深、冰冷的北方尼福尔海姆之地。此地的主宰是一个可怕的魔物，从头到屁股都是粉红色的，从屁股到脚趾则黑得发绿，腐臭难闻。她身旁还有一只巨大的、沾满血污的狗，叫作加姆，在她身边咆哮。她叫海拉，人们以她命名这个死者的王国。在当时，人死了就是去了海拉之国。

在这六个世界之外，还有三个世界，但其位置难以查明，就像华纳海姆一样。火巨人生活在烟火腾腾的穆斯贝尔。矮人生活在弥特加特的山岩洞穴之中。在矮人王国附近，一个叫瓦特海姆的地方，是暗夜精灵的土地。暗夜精灵神秘且脾气古怪，和光之精灵正好相反，就像月亮和太阳那样截然不同。

在所有世界的中心，矗立着一棵巨大无比的梣树，叫作世界之树。它的枝叶笼罩在九个世界的上空，枝叶上滴下甜蜜的汁液，蜂群用汁液酿成了蜂蜜——这是世界上最早的蜂蜜。三条巨大的根系支撑着世界之树，一条深扎入下层的尼福尔海姆，一条扎根于中层的约顿海姆，一条则扎根于顶层的阿斯加德。在尼福尔海姆，巨龙尼德霍格啃咬着冰冷的树根。

这棵梣树从宇宙的中层拔地而起，其树根则深入到宇宙的底层，枝叶在顶层展开，因此，只要大树不倒，宇宙本身也是一体而且稳固的。

世界之树
阿斯加德
彩虹桥
亚尔夫海姆
弥特加特
中土
约顿海姆
华纳海姆
尼福尔海姆
瓦特海姆
穆斯贝尔

所有在世界之树上蹦跳、嚼食的动物似乎都是普通生物，只有巨龙尼德霍格并非如此。北欧神话中随处可见如巨蛇一样盘卷身体的龙族，它们象征着自然界中隐藏的危机。

一只鹰则立在世界之树的枝干上，鹰爪紧攫树枝。松鼠拉塔托斯克在世界之树上下两头奔跑，在下层的巨龙和顶层的老鹰之间传递彼此中伤和辱骂的话。世界之树最顶端的枝叶中，四头雄鹿在其间奔跑跳跃，啃咬着树叶，还有山羊海德伦不停地咬掉最嫩的树芽。世界之树在痛苦中呻吟，但它依然高贵地耸立着。它是树中最高贵者，俯瞰大千世界，大千世界的知识也点点滴滴回归

到它。

这棵伟大的树如此惨遭蹂躏，如果不是有三位诺伦女神悉心照料，恐怕早已枯萎。诺伦女神是主管人类命运的女巨人，她们数目众多，有些心狠手辣，有些则慈悲为怀。如果得了同一种疾病，有些人的儿子会夭折，有些则会幸存；某一个女人会在头胎生育时死去，另一个则会生十几个子女，还能有力气耕地播种。决定这一切的便是诺伦神灵们。每一个人出生时，都有诺伦女神在场，没有人能逃避诺伦女神指

三位特殊的诺伦女神照料着世界之树。她们用圣泉里的水浇灌大树，还用泉里的黏土来包裹树皮，防止大树衰老腐朽。

定的命运。若是发生了奇特的、怪异的事情，大家都知道是诺伦女神在捣鬼。

这三位诺伦女神都是可爱的女神，她们一心照料着世界之树。一位叫乌鲁德，即命运；一位叫贝露丹蒂，即存在；一位叫诗库路德，即要素。她们每天都用命运圣泉中最纯净的泉水浇灌世界之树，也从这眼泉里挖出黏土，把树皮涂抹成白色，让树皮如同鸡蛋壳内部一样干净、崭新、闪闪发光，防止世界之树腐烂衰朽。

世界之树庇护着宇宙中所有世界的一切生灵。它让世界连为一体，也是最神圣的地方。所有人都知道，当世界之树最终摇晃时，众生都会吓得缩成一团，因为世界的末日即将来临。可怕的巨龙尼德霍格之所以不断毁坏世界之树也正因为如此，若非世界之树毁坏，则一切都将永恒不变。此外，即便是产生了最疯狂的想法，看一眼世界之树也会让你平静下来。

众神之战

众神之战

宇宙中的两大神族并不和睦。恰恰相反，他们彼此万分提防。有一天，一个名叫古尔维格的女巫来到了阿萨神族的居所阿斯加德，她本来和华纳神族共同生活在华纳海姆。没有人知道她来做什么，只见她走进奥丁的殿堂内，喋喋不休地大谈黄金如何闪闪发光，她是如何喜欢。阿萨神族越听越厌烦，终于做出了不可饶恕的事情：他们用长矛捅这个女巫，然后把她丢进火焰里，打算烧死她。女巫只不过是话太多惹人厌恶，而阿萨神族却干出了这样的事情！

可古尔维格从火焰里踱步走了出来，神色不变，毫发无损。于是阿萨神族又把她扔进火里，可她又一次走了出来。随后这事又重演了一遍。此时，吃惊的阿萨神族才知道这个女巫拥有远超想象的魔力，他们马上散开，任由这个女巫在阿斯加德的各个殿堂里游荡。还有一群作恶的人追随着她，他们越是作恶，就越是崇拜古尔维格。阿萨神族欺辱古尔维格的事情传回了华纳神族。此仇不可不报，华纳神族准备开战。

坐在至高王座上的奥丁看见了华纳海姆的备战之举。他看见华纳众神打磨矛头，擦亮铠甲。于是，他下令阿萨神族先发制人，阿萨神族首先抛出了长矛。可华纳神族也已经跨上战马，向前冲锋，战马跨过两个世界之间的鸿沟。

上页图注：

阿萨神族欺辱了和华纳神族一同居住的老女巫古尔维格，华纳神族准备开战报仇。可阿萨神族先发制人，两族血战开启，永无宁日。

狂战士

一条维京挂毯上的奥丁、托尔和弗雷

在冰岛的史诗中，奥丁的战士披挂着不同的兽皮。狼皮让他们作战时诡计多端，熊皮让他们摔角时充满力气。他们打仗的时候近乎丧失理智：这就是所谓的北方狂战士（Ber 指古北欧语言中的熊）。北欧海盗也因打仗时疯狂勇猛而著称。这些狂战士在 700 年晚期至 900 年早期之间让北欧大部分地区闻风丧胆。同属狂战士一族，但性情温和的其他北欧人则平和地生活在这片广大的地区。

众神之间的战斗就是这样：战斗打了一场又一场也不见分晓，双方势均力敌。战争打得久了，双方都看出来，一决胜负是不可能的。众神已经厌倦了没完没了、毫无结果的战争。终于，华纳神族和阿萨神族的领袖们坐下来讨论是非曲直。两族之间争论不休，可都渴望结束战争的折磨，于是双方停战。为表示诚意，双方还交换了人质：两族各派出两个成员，到对方那儿去生活。

华纳神族向阿斯加德派出了富有的神灵尼奥尔德，还有他的儿子弗雷。弗雷的双胞胎妹妹弗蕾娅和华纳神族最有智慧的克瓦希尔陪他们一同前往阿斯加德，最终也留在了那里。阿萨神族以盛大的仪式欢迎他们的到来，任命尼奥尔德和弗雷为主持祭祀的高级祭司，弗蕾娅则成为祭祀活动中的女祭司。她将自己所知道的大量关于灵性、医学和魔法的知识倾囊传授给阿萨神族。

而阿萨神族也派出了海尼尔和密米尔到华纳海姆。海尼尔高大强壮，看上去就是一个出色的首领。密米尔尽管是个巨人，却是阿萨神族中最有智慧的，足以和克瓦希尔相比。华纳神族很满意，他们让海尼尔掌握实权，密米尔则辅佐他，当他的智囊。他们在一起时，就能做出聪明的决定。可当密米尔不在身边时，高大英俊的海尼尔就会变得一言不发。即便人们向他提问，他也不回答。华纳神族感觉上当了。他们勃然大怒，砍下密米尔的头，送回给奥丁。

为什么华纳神族会因为海尼尔沉默不语，就砍掉可怜的密米尔的脑袋呢？这说不清楚。神灵做事情自有其原因。

奥丁失魂落魄，密米尔是他亲密而真诚的朋友。他把砍下的头颅抱在怀里，轻轻哼唱，又用草药敷在头颅上，这样可以延缓腐朽，又对着头颅吟唱魔法咒语。密米尔的头颅恢复了说话的能力，从此成了奥丁的智慧源泉之一。

宇宙中的第一场大战就是这样开始和结束的。但这并不是最后一战。人类经常会开战。对于战死的人类，众神也不会亏待。战死的人不会去地狱。不会的。他们之中有一半人会去阿斯加德，生活在一座叫瓦尔哈拉的特殊殿堂内。瓦尔哈拉以长矛杆为椽，以盾牌覆盖屋顶。在其西门上，阿萨神族派出了他们最聪明的巨人密米尔到敌对的华纳神族去当人质。但华纳神族勃然大怒，砍掉了可怜的密米尔的脑袋。奥丁哀悼他这位朋友。

卧着一头狼，头顶则盘旋着一只鹰。要到达瓦尔哈拉，战死的战士得渡过一条宽阔喧嚣的河流。奥丁会真心欢迎这些战士的到来。他命人在长凳上铺了稻草，让战士们觉得舒服；他命令仆从把高脚杯都擦亮，因为他预见到，未来他会需要这些战士。他知道，终有一天，众神、人类、魔怪、巨人等一切生命都会迎来一场终极之战，那就是终结一切的“众神的黄昏”。到那时，好战士是无价之宝。

奥丁身边奔走的使女们名叫瓦尔基里，她们有一头金色的长发，戴着银盔，身穿红色的鱼鳞甲，更显得身材美妙。她们驾驭着白马，飞翔

瓦尔基里女神驾驭战马飞过战场上空，挑选死者中间那些最善战的勇士，把他们带去瓦尔哈拉圣堂。战士们在那里一边大摆宴席，一边训练武艺，准备着有朝一日在众神的黄昏之战中一显身手。

在人间的战场上空。浑身流汗、筋疲力尽的战士倒下垂死时，将会看见瓦尔基里女神，战士们一定会觉得又恐惧又渴望。瓦尔基里女神会将她们选中的战士抬起，飞到瓦尔哈拉圣堂去。

这些战士在瓦尔哈拉将享受一整套的款待，足以让人欢欣鼓舞！每天夜里，他们都大摆宴席，盘子里堆满了野猪沙赫利姆尼尔的肉，装都装不下。负责烤肉的厨子安德赫利姆尼尔忙着用大锅艾瑞尼尔烤这些肉，烤得她满脸灶灰。战士们的蜂蜜酒永远也喝不完，都是山羊海德伦的奶水酿造的，这只羊吃的正是世界之树的嫩芽。每天白天他们都开战，在天堂之战里倒下的战士会在一天战斗结束时复活，穿过瓦尔哈拉圣堂的五百四十扇大门来参加盛宴。盛宴每一天都焕然一新，每个物件都会恢复如初。

战场上的另一半死者则追随着女祭司弗蕾娅，这位华纳神族的女神曾教会了阿萨神族的众神关于宇宙的众多奥秘。如今她把战士们带去了她的圣堂，即福尔克万加殿，并在那里训练战士们为众神的黄昏之战做好准备。

看起来，每个人都从一开始就为末日做准备，似乎也没什么不对的。

奥丁的探索之路

奥丁的探索之路

人们总觉得奥丁严厉凶狠，可他对待自己才最不留情。

奥丁坐在至高王座上时，能俯瞰所有世界，观察众多的变化。但他并不能看见一切。没错，他想知道更多。山岭背后暗夜精灵的王国里究竟在发生什么？世界之树树根下的地狱里，谁在悄悄说话？奥丁的喉咙发干，渴望知道更多。于是他派出了在肩膀上休息的两只渡鸦，分别是尤金（意思是思想）和莫宁（意思是记忆）。它们早晨出发，睁大锐利的眼睛，在九个世界里窥探。到晚上，它们就会回到奥丁身边，向他报告看见的事物。

可这还是不够。奥丁依然渴求更多；拥有知识感觉很棒，可是拥有智慧，啊，感觉更是棒极了。

此时，除了奥丁，世界上共有十位主要的神灵（不久之前还有十二位呢）。八位是阿萨神族的，奥丁的儿子和女儿：托尔、巴德尔、提尔、海姆达尔、霍德尔，还有维达尔，此外还有他的孙子凡赛堤（巴德尔的儿子）

上页图注：

奥丁从他的王座上能看见所有九个世界。但他仍然会派出他的两只渡鸦出去巡视，去看宇宙里他自己看不到的角落，回来报告给他。

和乌勒尔（托尔的继子）。还有两位神灵生活在阿萨神族中，但是他们来自华纳神族，就是尼奥尔德和弗雷。每天，奥丁都和这十位神灵一同骑马经过烈焰熊熊的彩虹桥，来到世界之树的树根处。只见这棵梣树铺天盖地，直达天空。在树根下则是乌尔达圣泉，命运泉水在这里汩汩而出。众神就在这里开会，讨论如何维护正义和公正，如何保护人类不受巨人、矮人和暗夜精灵的伤害。当他们坐在树下时，奥丁看着两只天鹅在水中嬉戏，心中突然涌起了前所未有的安宁。他看着三个可爱的诺伦女神将圣泉之水浇灌在世界之树上，将井中泥土做成的药膏敷在世界之树的伤痕上。奥丁看着这浇灌的仪式，感受到一股神秘且妙不可言的力量，这力量让世界之树恢复生机，长生不老，也让天鹅自如游动。这

奥丁和其他阿斯加德的神灵每天骑马越过燃烧的彩虹桥，桥的另一侧是巨大的世界之树，还有神圣的命运之泉。

就是水的力量——水才有这样无法定义的能量，让万物的力量倍增。

就在此刻，奥丁注意到了巨人密米尔。密米尔此时只剩了一个头颅，他的脖子被华纳神族斩断了，但他依然是阿斯加德众神中最睿智的。世界之树的一条树根深入了冰霜巨人的世界约顿海姆，密米尔就在那里守卫着一眼泉水，泉水被称作密米尔之泉。密米尔每天都饮用泉水。啊哈！这就是密米尔智慧的源头！我奥丁也必须喝到泉水！

于是奥丁和密米尔做了一笔交易：奥丁挖出一只眼睛，以换取一口泉水。这代价如此之高，伤害自己又是如此痛苦。可如果眼睛只能看，却无法领悟智慧的真意，要这只眼睛又有何用呢？奥丁轻松地把一只眼睛从眼眶里挖出来，藏了起来。他用龙皮制作了一只饮水用的角杯，浸入到泉水中，张开嘴巴痛饮泉水。清凉的泉水涌入喉头，瞬间大放光明，照彻了奥丁的内心。是的，奥丁变得更博学了，远超从前；他也懂得更多，变得更明智了。可是啊，他如今知道，凌驾一切的最高智慧，遍览万物的智慧，他还远没有获得呢。

除了神圣的世界之树，他还能从哪里获得这至高的智慧呢？奥丁用长矛冈格尼尔刺穿自己，或许只有这样，他才能体会到世界之树每天遭受的伤痛。他悬吊在世界之树的高枝上，整整九个漫长的白天和黑夜，他就在枝头倒吊、摇摆。他不允许任何人来安抚自己，不喝哪怕一滴水来润润嘴唇。在神志不清、垂死挣扎之时，奥丁看见了脚下浮现出的如尼古歌符文。此刻，他学会了古诗歌。有些诗句原本镌刻在长矛冈格尼尔的矛头上，但是奥丁看不懂文字。如今这些文字在树根上显现，并且对奥丁展现了其含义，奥丁因此学会了九首珍贵的歌谣，还学会了其他魔咒以及写诗的艺术。如今奥丁看待九个世界的方式变得不同了。他领会到如海的知识，甚至让他本人也为之颤抖。他能看见还未到来的悲惨之事，能看见过去的事，还能看见在通向未来的毁灭之路上，他必须每日咬牙坚持忍受巨大的痛苦，直至终点。

奥丁决定将自己吊在世界之树上九个日夜，来寻求智慧，他因此获得了能读懂古诗的能力，通过阅读，他掌握了九首魔法歌谣、咒语、诗歌的艺术。奥丁宣扬道：

巴厘岛上一座神庙的圣水

治愈之水

神圣的水井、河流还有泉水出现在许多地区的信仰中，包括几个美洲原住民部落、古罗马人、印度人等。同样，神圣的语句在许多文化中也一再出现，在北欧神话中是以古歌形式出现的，人们相信需要智慧才能解读这些神秘的文字。泉水和诗句都有治愈的能力，有时候也有摧毁之力。北欧人的诗歌《高人的箴言》声称古歌比水蛭更有治愈的效果，这暗示着北欧古老的医药正在和新传入的治疗术做斗争。

奥丁将自己悬吊在世界之树上九天九夜，以追求智慧。他获得的回报是学会了如尼古歌符文，让他得到了九首魔法歌谣的知识，并学会了咒语和诗歌的艺术。

牲畜会死，亲族会死，
众生皆会死，
但摘取荣耀之人啊，
其荣耀永不死。

奥丁决定去摘取荣耀。他已经脱胎换骨，他的血统可上溯至巨人，也连接着众神一族。他凭借此关系，将整个宇宙连为一体。万物皆有其时，有其处，万物皆归其本位。

遍知者奥丁如今已经能够和万物对话。人类将人作为祭品献给这位无所不能的大神。他们把人吊在树上，用长矛刺穿身体，来模仿奥丁在世界之树上吊挂九日的苦难。被吊在树上的又是谁呢？有些是身患重病

的人，于是将自己献祭给奥丁，在与至尊神灵对话的荣耀中结束一生。有的人则不想卧床而死，更喜欢这种庄重的死法。当人们吊在枝头时，奥丁就会到来和他们对话，收集他们对于自己此生和死亡的感悟。从这些窃窃私语中，奥丁感受到了宽慰和愉悦。他毫不介意成为绞刑架之神，因为将死之人从不说谎。

奥丁也会来到那些倒在战场垂死的人身边，像知己一般与他们对话。死者会讲述秘密，这是奥丁喜欢在身边聚拢战士的另一个好处。战士们需要准备那场终将到来的大战，可怕的众神的黄昏。

奥丁的探索之路是获得知识，最终懂得知识的征途，超过其他的一切。这的确是一个艰难的抉择。

洛基可怕的孩子们

洛基可怕的孩子们

洛基使大家都提心吊胆。

洛基是巨人法布提和女神劳菲之子。有些神灵会娶女巨人为妻，他们的后代也很出色。但女神选择巨人为夫却是禁忌；因此不妨说洛基一出生就低人一等。可他又和奥丁有血缘关系，并成了血盟兄弟。奥丁夸口说将一直和洛基同饮同食。这让洛基也能跻身于阿萨神族之列。

上页图注：

洛基有许多后代，可其中有三个是最可怕的：巨狼芬里尔，命中注定要在众神的黄昏之战中杀死奥丁；巨蛇耶梦加得，它的蛇毒将在末日之战中杀死托尔；还有永远不知足的海拉，她会囚禁奥丁的儿子巴德尔。

从一开始，洛基就心怀鬼胎，这邪恶又遗传到他的孩子身上。洛基有众多命运悲惨的妻子，给他生下了许多邪恶的孩子。其中有三个因邪恶最为著名：冰霜女巨人安格尔伯达所生的混沌野兽兄妹们。老大是

美洲原住民的岩画，可能是一头郊狼

骗术师和密谋家

在许多故事中都有骗术的影子。有些北美洲原住民部落会讲述“郊狼精怪”的故事，他特别喜欢搞恶作剧，可他会通过这样的做法来揭露人们的短处，所以人们会听从他的指导。希腊神灵赫尔墨斯也是骗子和小偷，可他是如此的雄辩，能在任何事上说服任何人。“郊狼精怪”、赫尔墨斯和洛基都会变化身形。但“郊狼精怪”是一个亦正亦邪的角色，赫尔墨斯是一个讨厌鬼，洛基则是邪恶的。奥丁和托尔有时都会带着洛基一同出门，但那是利用他的本领来达到好的目标。

邪恶巨狼芬里尔；老二是巨蛇耶梦加得；老三则是可怕的女巫海拉。一开始，这些孩子跟母亲在约顿海姆生活。阿斯加德的众神都知道他们命中注定将为世界带来悲惨的毁灭。众神无法杀死他们，因为谁也不能抵抗命运的安排。但众神无论如何还是想要除掉他们。于是，独眼的奥丁派出一队神灵在夜间潜入约顿海姆，他们堵住了安格尔伯达的嘴巴，把她捆起来，绑架了她的孩子们。

奥丁决定把巨狼芬里尔养在阿斯加德，或许这样便于他看管它，因为芬里尔命中注定会在众神的黄昏之战中杀死奥丁。阿斯加德的众神可不愿意让这头野

巨狼芬里尔是洛基的儿子，也是一个凶猛可怕的怪物。奥丁捆住了它，把它带回了阿斯加德，但想抓住它还真不容易：战神提尔因此丢了右手。

兽生活在他们之中。唯一敢于靠近芬里尔给它喂食的是奥丁的儿子提尔，他的母亲是冰霜女巨人，他也比兄弟们都更大胆，毕竟提尔是战神。

随着芬里尔日渐长大，众神也更加畏惧它，都想把它拴起来，可又不想让芬里尔看出拴它的意思。于是众神假装打赌，想要看一下巨狼是否有力气挣脱锁链。芬里尔同意试一试，并且立即就扯断了锁链。众神又做了一条锁链，比第一条要牢固两倍，芬里尔也一举挣脱，不费吹灰之力。奥丁派出弗雷的仆从斯基尼尔去寻找暗夜精灵，请他们打造一条足以困住芬里尔的锁链。暗夜精灵用猫的脚步声、女人的胡须、山根、熊筋、鱼的呼吸，还有鸟的唾液为原料，锻造了一条锁链，并称其为缚狼索，锁链轻如丝绸，柔若无物。众神将芬里尔带到亚姆斯瓦提尼尔湖中央的兰格维岛，劝说芬里尔系上缚狼索试试。

芬里尔可不笨，它发现这条锁链非比寻常。它要求必须有一个神灵把手放在它的利齿中衔着作为担保，才同意系上缚狼索。只有提尔敢于一试。众神拴住了芬里尔，这次巨狼怎么都挣不脱了。众神也不会再打开锁链，于是芬里尔咬掉了提尔的右手。从此以后，巨狼日夜嚎叫，口涎满地。它知道，要到众神的黄昏之战到来时，自己才会重获自由。而可怜的提尔，身体被狼咬残，饱受折磨，最终也会在末日之战中死去，但咬死他的不是芬里尔，而是海拉的地狱恶犬加姆。

奥丁同样冷酷无情地对待洛基的第二个孩子耶梦加得，因为这条巨蛇注定要在末日之战中与奥丁的孩子托尔对阵。奥丁预见到托尔会死于巨蛇喷出的毒液。奥丁将年幼的巨蛇抛向大海，巨蛇撞开大海铁一样坚硬的水面，一头扎入海底。耶梦加得日渐长大，直至其身体可以绕整个中土一圈，还能把自己的尾巴叼进嘴里牢牢地咬住。从那以后，没有人胆敢走近海边；耶梦加得可能会吃了他！只有一个人尝试着钓过耶梦加得，那人就是雷神托尔。他在吊钩上挂上一整个牛头，扔进海里，把巨蛇耶梦加得给扯出海面。他们怒目对视，可船主巨人海

巨蛇耶梦加得是洛基的另一个儿子，它命中注定要杀死奥丁的孩子托尔。于是奥丁把它抛向大海，它在大海中变得奇长无比，异常强大，甚至能将中土围绕一圈。

米尔吓坏了，赶紧砍断了吊线，耶梦加得又潜入大海深处，只剩下勃然大怒的雷神。

海拉是洛基唯一的女儿，也是地下世界凶狠的、怨气冲天的女神。她收集所有并非战士的死者，也就是说，自然死亡的人，将其带回自己冰冷、毫无生机的地下王国，圈禁他们，直至世界末日到来。

至于洛基和安格尔伯达的第三个孩子海拉，奥丁将其贬去了尼福尔海姆的最深处，于是洛基的这个女儿成了阴间世界的女主人，她一半死，一半活。所有不是死于战场的人，那些死于年老、衰弱，因病痛而倒下的人，还有所有的怪物、野兽、巨人、矮人，最后都会到她那里去。她对这份工作充满怨气，却绝不会心存怜悯。她时刻渴望着献祭。

她的盘子名为“饥饿”；她的刀子名为“灾荒”；她的长榻名为“瘟疫之床”；长榻四周的帷幕名为“闪着光的厄运”。一旦有人落入她的掌控，她就绝不会让他们离开。在众神的黄昏之战开始前，她灰红色的公鸡将

最先打鸣宣布末日的到来。

洛基恶迹累累，但他做的最坏的事情总是有海拉的协助才能完成。完整的故事我们后面再说。洛基通过一条恶毒的计策，让奥丁失去了两个孩子，而海拉则在自己冰冷的王国中牢牢地困住这两个孩子，直至末日之战到来。众神为之心痛不已。

后来，众神在洛基身上报了仇——但这也是另一个故事了。

奥丁孩子们的陨灭，是众神历史中最让人心碎的时刻，而更可悲的是，睿智的奥丁对此早有预见。还记得吗？两个孩子的父亲知道死亡迫在眉睫，也知道宇宙终将毁灭，但他不管做什么都无法阻止。奥丁所做的每一件事，他的一呼一吸之中，他走的每一步，这样的思索都挥之不去，我们所有人最终都是孤立无助的，即便是身为众神之父的神王也不能例外。或许真正的悲剧正在于这沉重如铁的智慧。

赌注和宝藏

赌注和宝藏

洛基是最诡计多端的神灵，从一开始，他的很多计谋就非常恶毒。雷神托尔的妻子叫西芙，她极其美丽，让人类和众神都为之倾倒。她最美之处莫过于她的长发，长长的发卷，带着阳光的色彩，如同夏季的小麦一样浓密发光。有一天，洛基觉得无聊，就爬进了西芙的卧室，西芙正在熟睡，洛基把她的头发全部剃掉了。据他自己说，这不过是一场恶作剧，可其后果极其恶劣。女人的美貌取决于头发是否有光彩，一头金发又是最华贵的。最糟的是，只有奴隶女孩才会光着头。西芙醒来时，发现有人偷偷毁掉了自己的美貌，还严重羞辱了她。

托尔在西芙的窗外发现了一只鞋，认出这是洛基的鞋。洛基急匆匆爬出卧室时，把这只鞋遗落了下来。于是他一把捏住洛基的颈脖，打算把洛基打成烂泥。可洛基说，只有放了他，才有办法让西芙的长发长回来。托尔又加重了力道，洛基又说，他还会送给诸神一些神奇的礼物。托尔放开了他。恶作剧之神只有一天一夜的时间来实践自己的承诺。

洛基去找了一个名叫伊瓦第的矮人家族，远近皆知他们是出色的工匠。洛基说服他们来制作神奇宝物以兑现自己的承诺。

伊瓦第家族用纯金制作了西芙的长发，甚至比洛基

上页图注：

洛基剃掉了西芙的头发，毁掉了她的名誉。西芙的丈夫托尔准备杀死洛基，但洛基承诺给他神奇的礼物。洛基找到伊瓦第家族的矮人来制作礼物，其中一件就是宝船斯基布拉德尼尔。

原本期待的还要好，因为金发还会生长，如同天然头发一样，如同小麦在秋收和冬季之后会复生一样。

矮人们还制作了一艘叫斯基布拉德尼尔的船。这是一艘巨大的船。阿萨神族的大小神灵都能全副武装地坐在船上。船帆还能自动吸引风力，无论去哪里，都会一帆风顺。矮人用各种精巧的小部件打造这艘船，所以当把船拖到岸上之后，还能轻松地折叠压缩起来，如同一块手巾大小，可以塞入口袋里随身携带，这才是最奇妙的一点。

伊瓦第家族还制作了一柄神奇的长矛。铁匠大师矮人德瓦林一直监督着长矛的打造，并处处为其开刃。其矛杆更是打造得无比精妙，一旦脱手掷出，必中目标，哪怕投掷的人并无力气和技术。矮人们还在矛尖

瑞典前维京时代的一把梳子，两边是动物和人类的头

美丽的长发

在中世纪的冰岛，自由民妇女剪短头发是非法的。未婚的姑娘无论是披散头发或者梳辫子都可以，但已婚的女性需要戴帽子盖住头发，只有丈夫知道她的头发有多美丽，就像只有托尔知道西芙的头发有多美丽。女人最宝贵的财富，除了束起衣带的椭圆形扣环，就是梳子了。梳子一般用整块鲸鱼骨或进口的象牙制作，雕刻或篆刻得十分精美。由此可知洛基的恶作剧有多可恶。

上篆刻了古歌，将其命名为冈格尼尔。

西芙的假发、宝船斯基布拉德尼尔、神矛冈格尼尔都是宝物，这毋庸置疑。洛基一脸喜色，伊瓦第家族也骄傲地夸赞着自家的手艺。洛基一眼瞥去，就打起了他们的主意。矮人们不但手艺高超，而且十分骄傲。洛基抓住这个机会，就和另一个矮人布洛克打赌，洛基赌他和兄弟辛德里永远也打造不出能和伊瓦第家族打造的几件神物相媲美的宝贝。赌注是洛基的脑袋。

布洛克和辛德里上钩了。辛德里向熔炉里扔了一块猪皮，并让布洛克一刻不停地用鼓风机向炉里吹风。一只苍蝇立刻飞来，咬了布洛克的胳膊，但布洛克并没有停止吹风。时机一到，辛德里从熔炉中取出一只名叫古林博斯帝的金毛野猪，它能够在空中和水中奔跑，比任何骏马都要快，它的金鬃能够照亮最黑暗的岩穴。辛德里又向熔炉中倒入了黄金，让布洛克和之前一样吹风。苍蝇又来了。这次它更加恶狠狠地咬了布洛克的颈脖，但布洛克依然坚持不动。辛德里从熔炉中取出一个叫德罗普尼尔的金指环，每过八天，到第九个夜晚，就会有其他八个金指环从这个指环上落下来，和原来的指环一模一样。随后辛德里将铁放入熔炉，布洛克继续鼓风。苍蝇又来了。这一次，苍蝇咬了布洛克的眉心和眼皮，鲜血模糊了他的眼睛。矮人再也

布洛克和辛德里的冶金技术十分高超。他们把一张普通的猪皮熔炼成一只有黄金鬃毛的野猪，并起名叫古林博斯帝。它比马还要快，比火焰还要明亮。

洛基打赌说布洛克和辛德里无法打造出能与伊瓦第家族打造的神物相媲美的宝贝。阿萨神族的会议要在雷神之锤和神矛冈格尼尔这些宝贝中做选择。洛基输了，随后开始逃命。

受不了了；他把苍蝇拍走，结果影响了鼓风。这次他们铸造出了一柄名叫雷神之锤的锤子，其威力足以摧毁高山，一旦主人瞄准掷出，就一定会命中，还能飞回主人手中。但雷神之锤的把手有一点短，这是因为那只苍蝇打搅所致。你觉得，是谁派出了那只苍蝇？或者说，是不是有人变成了那只苍蝇？但不管怎样，打赌结束了，洛基赢了。

布洛克和辛德里不服气，上诉到诸神的会议求一个公道。在会议上，洛基慷慨地将礼物送给众神。他把西芙的金假发给了托尔，把宝船斯基布拉德尼尔给了弗雷，把神矛冈格尼尔献给奥丁。这支神矛后来成了奥丁智慧的重要来源，因为他在世界之树的枝干垂吊九天九夜时，读懂了

矛尖上刻着的古歌符文。但布洛克也带来了礼物。他把金猪古林博斯帝送给弗雷；将金指环德罗普尼尔献给奥丁；把雷神之锤献给雷神托尔。阿萨众神并没有被洛基的礼物所打动，他们更支持布洛克。

洛基赶紧逃命，但托尔抓住了他，布洛克挥刀霍霍，但洛基争辩道，赌注只是他的脑袋，并不是他的脖子，布洛克想要得到洛基的脑袋就得砍断洛基的脖子。无计可施的矮人勃然大怒，于是把洛基一贯会撒谎的嘴巴缝了起来。

众神就是这样获得了神奇的宝物。

但这些珍宝也没有减轻人们对于肇事的源头洛基的痛恨。恶有恶报。

变形者

变形者

变形者无所不在。人们相信，在梦中向他们走来的野兽和魔怪，其实都是逝去的亲爱之人。即便在光天化日之下，那头窥视着你的巨熊，那只你正在搏杀的海豹，甚至是那只让你不能专心在熔炉边工作的恼人苍蝇，或许都是人变成的，这也说不清。

变形的用意就是欺人耳目，难怪天怒人怨的洛基最擅长变形。有时候，他会用这个本事来帮助阿萨神族。正因为如此，有些神灵，特别是雷神托尔，很喜欢和他同行。

在阿萨神族和华纳神族的战争中，阿斯加德的城墙化为废墟。众神希望重建城墙，但这工作十分繁重，众神中没有谁敢自告奋勇来做。

直到有个石匠愿意承担此责。他骑着一匹骏马进入阿斯加德，守卫彩虹桥和大门的神灵海姆达尔拦住了他问道：“你有何贵干？”

“我打算和众神做个交易。”石匠说。

于是众神集结在金宫的大厅里，奥丁说：“你有何指教？”

石匠说道：“我会重建城墙，让它比以前的更高、更坚固。没有人能攻破这堵墙。即便是最强大、最高的冰霜巨人也不能。我只需要十八个月就能修好。”但他一副欲言又止的样子。

上页图注：

一个岩石巨人变形为石匠，来修补之前在与华纳神族的战争中被毁坏的阿斯加德的城墙。他有骏马相助。他要的报酬是太阳、月亮，还有让弗蕾娅嫁他为妻。

神圣的交通工具

在古斯堪的纳维亚文化中，特别是在冰岛，马匹具有双重的含义。马匹是家畜，用来骑乘和驮重物。在北欧神话中，马匹也是幽冥世界的交通工具，是此世和冥界的桥梁。因此，马匹是神圣的。有时候，马匹在葬礼上和主人一同下葬。这个石刻所雕刻的正是斯莱泼尼尔，奥丁的八条腿的坐骑。

神驹斯莱泼尼尔的画像，发现于瑞典哥特兰岛，9 世纪

奥丁察觉出他话里有话，于是问道："条件是？"

"条件是弗蕾娅要嫁给我。"

弗蕾娅如同遭到雷击。嫁给一个凡人？绝不！她勃然大怒，她的宫殿塞斯伦尼尔也跟着摇晃起来。围坐的众神也大声嘲笑这个石匠。

奥丁指着这个石匠说："出去！"

"我还要太阳和月亮，"石匠说，"就这三样：弗蕾娅、太阳、月亮，这就够了，我来修墙。"

众神哗然。

但此刻传来了一个尖锐响亮的声音。"等一下，"洛基说话了，"至少让我们考虑一下。"

于是石匠出去了，众神则留下来讨论。弗蕾娅流下了金子般的泪水，这也是她的特点。其他神灵则嘲笑着洛基。

“十八个月就修好这堵墙是不可能的。”海姆达尔说道。

“完全正确，”洛基说，“我看我们不如先应允了他，过了十八个月，他肯定干不完。我们就什么都不欠他的。不管他修了多少城墙，那都归我们了。不管怎么样我们都不亏。”

没有人喜欢这个办法，但也没有人能驳倒洛基的逻辑。于是奥丁叫石匠回来。“只给你六个月，就这么多时间。

石匠和骏马共有六个月时间来修建阿斯加德的城墙。对于这项繁重的工作，时间太短了。但相思成疾的石匠接受了这个挑战。

修完城墙，你就会得到弗蕾娅、太阳和月亮。”

“时间不够啊。”石匠说。

“条件就是这样了。六个月内修不完，你就空手离开。”

石匠瞪大了眼睛瞅着弗蕾娅，她的美貌实在让人沉醉。“我得需要我的骏马斯瓦迪尔法利和我一起干活，我们就做这个交易。”

奥丁反对，但此时洛基的声音又响起来了：“都到这个时间了，还需要拒绝吗？这匹马起不到多大作用，我们又需要城墙。”

于是众神同意了，石匠开始工作。他张开大网，向网上扔石头，巨大的石头沉重无比，但这石匠的力气足以和众神之中力气最大的托尔相比。石匠又牵来他的骏马，挽起千斤重担，大吼着赶马。骏马全力向前，四蹄都深陷于土石之中。这匹马比主人还要有力。一人一马连夜工作。到黎明时，众神吃惊地看到城墙的位置上已经多了无数块巨石。一天天、一周周、一个月一个月地过去了，城墙天天在长高，比之前的城墙更厚、更高，也更好。城墙已经快要完成，石匠和他的骏马让众神既惊叹，又担心。如果他真的按时建好了城墙，阿萨神族该怎么办呢？如果没有了太阳的光和热，没有了月亮的安抚，人们该怎么活下去呢？还有可怜的弗蕾娅，当真要嫁给

一个野人吗？她留下的黄金眼泪已经变成了水塘，她在不停地咬着手腕。这太可怕了。

奥丁召集众神开会。大家都责怪洛基。

但洛基当然早已有了盘算。不管怎样，他就是要让石匠无法完成工作。

对洛基来说，先要搞定那匹马。没有马，石匠一次只能把一块巨石抬到山脚下。

那天晚上，正当石匠带着骏马斯瓦迪尔法利返回采石场时，一匹母马从路边的灌木丛外走到大路上。母马的颈项颀长光滑，马鬃似乎在风中飘浮，马尾如同一束星光，后蹄高高扬起，侧腹闪闪发光。

骏马按捺不住了。

两匹马发足狂奔，骏马追在母马身后，石匠则追着骏马。他一路高喊，直至嗓音沙哑。

他一直破口大骂。可骏马斯瓦迪尔法利连头都没回一下。

到了早上，当骏马回来时，石匠知道，这一个晚上干不了活，意味着他输掉了整个赌局。他勃然大怒，终于按捺不住，变化出了真身：他原来是一个巨大的岩石巨人。众神也怒气冲天；这家伙居然一直变化了身形，还打算蒙混过关，更别提还是个巨人，这怎么能接受！托尔以雷神之锤击中了巨人的脑袋。他的脑袋被打碎了，瞬间坠入了地狱。又过

洛基化为一匹漂亮的母马，诱惑走了石匠的骏马，因此石匠没办法在指定的时间里完成城墙。石匠怒气冲天，现了真身，他实际上是一个岩石巨人。

了几个月，一直毫无音讯的洛基返回了阿斯加德。他后面跟着一匹马驹子，长着八条腿。原来那匹诱人的母马是洛基变的，他还和斯瓦迪尔法利春风一度，生下一匹神奇的马驹子斯莱泼尼尔，这匹马驹的母亲原来是洛基。

奥丁非常喜欢这匹小马。洛基反正也不会好好对待这马驹子，不是吗？他是一个糟糕的父亲，也肯定不想当母亲。于是洛基把小马斯莱泼尼尔送给了奥丁。

海姆达尔儿孙满堂

海姆达尔儿孙满堂

还记得海姆达尔吗？当那个石匠以重建阿斯加德城墙为条件和众神谈判时，他得先过了海姆达尔这一关，才能面见众神。这是因为海姆达尔看守着进入阿萨神族世界的入口。他住在火焰燃烧的彩虹桥头，希敏约格的悬崖上，一直瞭望着有无入侵者进入阿斯加德。海姆达尔能成为一个完美的守望者，有三个原因：他的目光锐利，不论是白天黑夜都能看清远方；他的听觉敏锐，能够听见草生长的声音；他比鸟儿睡得还要少。

海姆达尔是奥丁的儿子，至于他的众位母亲，是的，众位母亲，一共有九位，都是女巨人姐妹，就像海浪一样不能彼此分离。这位神是如何生出来的依然是个谜，但他的确是一个英俊出色的神灵。奥丁的牙齿能咬穿岩石，而海姆达尔的牙齿则是纯金的。弗雷能驾驭金毛的野猪古林博斯帝，而海姆达尔的骏马古尔托普则有黄金的鬃毛。托尔身材巨大，有红色的长髯，可海姆达尔的皮肤则白得发亮，如同正午的阳光。

上页图注：

海姆达尔骑着金鬃毛的骏马，手持加拉尔号角，在中土大地上骑行。他有三个儿子，每一个都是人类某一阶层的祖先，分别是：农奴、农民、贵族。

海姆达尔拥有一个名为加拉尔的号角，用来饮酒和吹号。他将加拉尔号角浸入密米尔看守的密米尔泉中，喝了泉水，拥有了智慧。当召集会议或有外敌入侵时，他也会吹号通知阿萨神族。当众神的黄昏末日之战到来时，也是海姆达尔吹响号角，宣告战争开始。在这场战争中，他注定要和洛基战斗到死，两个人会同归于尽。

所以海姆达尔是一个重要的神灵，可他对于其他生灵更加重要。

在春天里，海姆达尔骑马越过彩虹桥，来到中土世界四周最深的海洋岸边。他看见一栋摇摇欲坠的小屋，上前重重地敲门。门推开了，小屋烟气腾腾又臭烘烘的，一对老夫妻胆怯地抬眼看了看海姆达尔，热情地欢迎了他。他们是老祖父艾耶和老祖母埃达。他们的衣衫破旧，住的房子四壁透风。不过海姆达尔早就对形形色色的生活熟悉已久，他知道怎么让别人放松。他和老夫妻攀谈起来，仿佛是认识了一辈子的老朋友。没过多久，他们就让海姆达尔坐到火边烤火，很快又把很稀的肉汤分给他喝。没一会儿，三个人都在一张床上睡大觉，海姆达尔睡在中间。

海姆达尔与艾耶和埃达这对老夫妻过了三夜，又继续旅行去了。可

看起来很吓人的北欧海盗船船头

奴隶贸易

海姆达尔到哪儿都是走路去的，但北欧海盗去其他地方大多是坐船的。他们的船往往有吓人的船头装饰。他们会偷掠人口，通常是女人和孩子。他们洗劫城市和修道院，抢劫金银时也会抢劫人口，有时会在海岸边随意抓人为奴。科学家发现有20% ~ 30% 冰岛男性的祖先是高卢人。也就是说，有不少北欧海盗从爱尔兰和苏格兰抢来了老婆。

他留下了一个东西：埃达体内如今有了一个小宝宝，是海姆达尔的儿子。九个月后，宝宝将会诞生，埃达给他起名叫奴隶特拉尔。

特拉尔并不算是个漂亮的小伙子。他看起来蠢头蠢脑的，背部畸形还驼背，双手肥大而笨拙。不过每个见到他的人，都会喜欢他，因为他身强力壮，干活卖力。有一天“做苦工的女孩梯尔”来了。从她的名字你也能看出她算不上漂亮，你没猜错。她的面孔扁平，牙齿发黄，双腿弯得如同一对弯月。特拉尔立刻就爱上了她。

他们生了许多丑儿子，都取了难听的名字，例如马蝇克莱基，臭蛋福尼尔；他们也生了许多丑女儿，也取了难听的名字，例如傻瓜孔巴，肥腿奥卡文卡法。他们虽然长得难看，名字难听，却都是好人。他们在地里干活，伺弄动物。他们的后代就是所谓的农奴——作为奴隶和仆人为他人干活的人。

海姆达尔继续上路，来到了一个农场。他一拳砸在农舍的大门上，走了进去。火炉边坐着一对老夫妻，是祖父阿瓦和祖母阿玛。阿瓦的大腿上放着一块木头，他正在雕刻织布机的横梁。阿玛身边则放着一捆亚麻线，她正在纺线打卷。他们的房屋坚固；他们的衣服和头发干净整洁。老夫妻俩规规矩矩地迎接海姆达尔进门，手头的活计也没停。你知道海姆达尔的风格的，他自来熟地和别人说这说那，很快就紧靠着火堆坐下，还拿到了最大的一块裸麦面包，上面堆着最大的一块黄油。吃完饭，他

海姆达尔到访了一户贫穷的人家，跟女主人埃达有了一个儿子。男孩名为特拉尔，爱好照看动物、耕种田地。他的后代都是为别人干活的仆人。

海姆达尔走访了另一个家庭，和家里的女主人阿玛有了一个孩子。孩子名叫卡尔，他修建房屋和谷仓特别拿手。他的子孙成了自由民。奴隶和仆人不做的工作，自由民来做。

们又一起上床睡觉了，海姆达尔在中间。

海姆达尔住了三天三夜，然后继续旅行。这次他也留下了一些东西：阿玛体内的一个小婴儿。这个红脸的小婴儿出生后，阿玛会给他起名为自由民卡尔。他比别人强壮，学手艺也很快。他挖的建筑基础最牢固，盖的房子和谷仓也结实，草皮屋顶垒得严丝合缝。他用自己精心喂养的公牛犁地。

卡尔长大后，父母亲给他找了个妻子叫斯纳尔，她腰上挂满了钥匙还有各种小工具，比如皮锥子和挖耳勺，叮当作响。斯纳尔对这些工具也十分熟练。她和卡尔情投意合，很快就有了一大群孩子，都和父母亲一样勤快和干净，名字起得也正适合他们：一个儿子叫壮汉德伦，一个叫工匠斯迈德；一个女儿叫新娘布露德，另一个则叫骄傲的斯瓦里。他

们的后代就成了农民——自由的一群人，奴隶不干的活，主要由他们做。

海姆达尔继续旅行，又遇见了玛德尔妈妈和法德尔爸爸，下面发生了什么你也知道了：九个月后，玛德尔生了一个孩子名叫伯爵雅尔，他是一个战士家族的始祖。海姆达尔不管到哪里，都这样诞生了人类各个阶层，也包括那些成为统治者的人。丹麦的王族就是海姆达尔的直系后代。

所以说，海姆达尔很重要，太重要了。

弗蕾娅的耻辱

弗蕾娅的耻辱

女神们并不缺少美貌，这是好事，神灵们格外重视外表。其中一个著名的美人就是雷神托尔的妻子西芙。她的一头金发被洛基剪掉，如今戴着一头更加耀眼的黄金假发。但远比西芙更为美貌的，则是魔法师弗蕾娅。她是华纳神族在与阿萨神族交战之后，作为和平使节来到阿萨神族之中。她的这个地位注定是脆弱的，甚至开始的时候还会遭受孤独之苦。命运安排，她爱上了奥德，还生了两个女儿赫诺丝与格尔塞蜜。新生活看起来还不错。

然而，奥德是旅行之神，有一天，他突然离开了弗蕾娅独自出门远行。她双手触及的无非是虚空，她的内心因渴望而颤抖。她不知道奥德为何离开，又去了哪里。她紧紧裹着用隼羽织成的长袍，追随在奥德身后。可是去哪里？去哪里呢？她的眼泪成串坠落，她所飞过的地方，岩石都因泪水化作了红金流淌的水塘。

弗蕾娅如今的生活无非是每日哀怨垂泪，所幸她还有两个可爱的女儿。她们是瑰宝，她只要看着她们就能宽慰心怀。很快，弗蕾娅发现，美丽的东西能让自己开心。她尤其喜欢黄金。无论是驾驭着由两只猫拉着的战车，或者是骑上她的野猪希尔迪斯维尼，又或者是穿上她的隼羽长袍飞翔，弗蕾娅总是喜欢漫游着寻找美丽的事物，以抚平内心挥之不去的伤痛。

上页图注：

弗蕾娅是华纳神族，却被交换来到阿萨神族。她爱自己的阿萨丈夫奥德。奥德失踪后，弗蕾娅在不同的世界之中寻找他，有时是飞行，有时则骑在野猪背上，有时则是驾驭着由两只猫拉着的车。

美丽的哀愁

墨西哥城帕拉西奥的索奇克特萨尔女神壁画

和弗蕾娅一样，许多地方的神话里，女人的美貌常伴随着麻烦。在阿兹特克神话中，美貌的女神索奇克特萨尔有一个孪生姐妹叫索奇皮利，被人从丈夫身边绑架走了。在某些故事中，美之女神埃尔祖莉同样美貌惊人，但她总是发怒和失望，她要所有的男人都爱上她，这使得她认为所有的女人都是敌人。想要找出一个婚姻幸福的美丽女神还真难。

有一天深夜，在破晓之前，弗蕾娅穿上最华丽的衣服，佩戴着最精美的臂环出了门。可她既没有驾驭战车，也没有骑上金猪或者穿上羽衣。她步行走出了自己的寝宫塞斯伦尼尔，穿过了彩虹桥。

洛基正好看到了这一切。眼见女神离开，洛基好奇心大盛。她这个时间点出去要做什么？竟然还穿成这样？这个挑事的机会可不容错过。他尾随着女神而去。

中土世界正值隆冬，一片冰天雪地。冻住的眼泪从弗蕾娅的眼睛里叮叮当当滴下来，在脚下凝结成小块的红金。白昼虽然短暂，可她还是来到了一处砾石遍布的荒野，并徒步走过，来到了一处洞穴外。弗蕾娅驻足于清冷的空气中，侧耳倾听。岩洞顶上落下水滴，小溪在岩石缝中流淌。听，有声音，砰、砰、砰，是从深处传来的锤子落下的闷响。她

弗蕾娅进入洞中，看见了匠人阿尔弗里克、杜华林、贝尔林和格列尔。她看见了那条漂亮的项链，下定决心不管付出什么代价都要得到它。

正是为此而来。她随着锤声走入洞穴，进入地下更深处。

空气变得灼热，沉重又滚烫，女神浑身冒汗。她看见了四个矮人正在铁炉前锻打，阿尔弗里克、杜华林、贝尔林和格列尔，他们正锻造一条黄金的项链。弗蕾娅凝目看去，只见黄金在扭曲、翻卷，如同她的内心一样。项链在呼唤她，她需要这条项链。

四个矮人也目瞪口呆地看着这个动人的女神。他们从未梦想过世界上有如此的美人。

“把项链卖给我吧，”弗蕾娅微笑着说，贝齿点亮了这个阴暗的熔炉间，“你们开个价。”

“这条项链叫布里希嘉曼，我们不卖的。”一个矮人说。

你看，就像洛基一样，矮人也发现其中有机可乘。他们一动不动地抬起头看着弗蕾娅，亮晶晶的小眼睛一眨不眨，他们的价码是：拿走项链可以，但弗蕾娅要付出极大的代价。这是个可恨的交易。但弗蕾娅已经没有了丈夫，至少布里希嘉曼项链还能带来安慰，甚至是快乐。弗蕾娅已然心如死灰，她答应了。

洛基一直等候在洞外。最后，弗蕾娅佩戴着布里希嘉曼项链出现了。项链之惊艳让邪恶之神眼前一黑。他来到众神之父、独眼的奥丁面前，全说了出去。奥丁当然知道洛基是一个卑鄙的骗子，每个人都知道。可这个消息依然让他不安。所有的神灵都被弗蕾娅的美貌所打动，即便是

洛基变成一只苍蝇，通过小孔钻进了弗蕾娅的房间。她睡着后，苍蝇又变回洛基，偷走了她美丽的项链。

奥丁或者她的孪生哥哥弗雷也不例外。四个可恶的矮人跟弗蕾娅如此亲密，让奥丁嫉妒得发狂。他让洛基把那条可观的项链拿来。

洛基前往弗蕾娅的寝宫塞斯伦尼尔，发现大门被锁上了。这可不是问题，他变成一只苍蝇，飞来飞去，找寻能钻过去的洞穴。可大门很严实，从上到下，门缝只能让风钻过去，墙面和屋顶之间连一道缝隙也没有。最后，在屋顶上的山墙尖尖上，洛基找到了一个小孔。他钻过去了。

弗蕾娅仰面睡着，项链的锁扣在脖子下面，洛基够不着。洛基又变成一只跳蚤，他咬了弗蕾娅的面颊。女神咕哝着，换成侧睡的姿态，洛基变回本身，解开了项链的锁扣。他从大门离开，没被人看到；已经不用假装了。当弗蕾娅醒来时，她伸手去摸项链，却只摸到了脖子，黄金不见了，那条出色的、绝美的、精妙的黄金项链没了，那条让她甘愿忍辱负重的项链消失了。一定是洛基干的，还会有谁？他这么大胆，一定是得到了奥丁的授意。

弗蕾娅直接去了白银之厅，和高高在上的奥丁对峙。“我的项链哪里去了？”

“你永远都见不到了……”奥丁等到弗蕾娅倒抽一口冷气后，才得意地说道，“除非你按我嘱咐的来做。”

他的嘱咐是：她要挑起中土世界两个人类国王的战争。每次一个士兵战死，她都必须用魔法让他复活，再次投入战斗。战斗必须持续、持续、持续。这个命令邪恶而又狠毒。这就是嫉妒在作怪。

弗蕾娅不得不接受这奇耻大辱。这一切都是因为她的美貌。美貌成了弗蕾娅的诅咒。她的美貌让男人们心动。她对美的渴望又让男人们可以对她为所欲为。可悲啊！即便是女魔法师，也没有能力击败美丽这个可怕的敌人。

她伸出手去，接受了项链。

雷神之锤

雷神之锤

大部分的时间里，托尔都驾驭着由两只山羊坦格里斯尼尔和坦格乔斯特拉着的战车，四处寻找巨人来杀。尽管他的力气比其他神灵都大，可他出门远征，依然要靠三件法宝。第一件是他的腰带梅金吉奥德，能让他力气倍增。另一件是铁手套，他戴上这副手套，就能够自如挥舞铁锤，发挥神力。第三件当然就是雷神之锤了，是矮人兄弟布洛克和辛德里为他锻造的。

有一天，托尔找不到雷神之锤了。这太糟糕了：他不仅不能猎杀巨人，还和其他众神一样，抵抗不了任何人使用雷神之锤的攻击。他去找洛基求助。如果你需要找一个毫无底线的人来帮忙，那自然就是洛基了。此外，托尔还很喜欢洛基，只要洛基在身边，就少不了刺激的事。他们一起去了福尔克万加殿走访了弗蕾娅，向她借了隼翼羽衣，她毫不犹豫就借了，找回雷神之锤是最重要的。

洛基飞到冰霜巨人的国度，直接来到国王索列姆面前。洛基猜得很准，他问索列姆是否偷了雷神之锤，这个庞大的巨人抬了抬眉头，说道："锤子埋在地下几里格深的地方，如果你想要，就把弗蕾娅带来嫁给我。"

洛基把消息带给了托尔，他们谁也没有替弗蕾娅着想，就径直返回女神这儿，要她披上婚纱，嫁给索

上页图注：

托尔没有别的爱好，就爱杀巨人。他驾驭着由两只山羊拖着的战车，高举着雷神之锤，始终在找目标。怪不得巨人索列姆会偷走雷神之锤呢。

列姆。

弗蕾娅被这个愚蠢的要求气炸了。“滚出去！”她吼道。盛怒之下，甚至完美的项链布里希嘉曼都挣裂开来，宝石洒了一地。她的寝宫塞斯伦尼尔的四壁如同鼓面一样卷起。此刻别无办法，只有召集众神来到金宫的大厅里，看看有没有谁能想出个不蠢的办法。海姆达尔有了主意：“让托尔披上婚纱吧。”

众神大笑起来。

“我们还能修好布里希嘉曼项链，让托尔戴上。”

众神笑得上气不接下气。

“再给他穿上华服，带上银质的臂环。”海姆达尔指指佩戴臂环的位置，“还要在腰上系上一大串乱糟糟的钥匙和各色工具……”海姆达尔假

凯尔特体的数字 9

强大的数字

北欧神话中总是出现数字九：奥丁在世界之树上悬吊了九天，学会了九首古歌；从中土到地狱需要走九天；海姆达尔有九个母亲；索列姆则等自己的新娘等了九个晚上。全世界的故事中也总是出现九。或许是因为人类的诞生需要经历九个月？总之，九是三乘以三，一个家庭总是包括父亲、母亲和孩子三个人。

装摇晃钥匙，“所有适合娶回家的好姑娘，腰上都得有这些行头。”金厅里已经安静下来，海姆达尔说的细节越多，这个计划看起来就越可行。“还要在头上戴个方巾，遮挡住长鬈发。这就足够了。”

托尔环顾四周，看众神都在点头，倒畏缩起来。“让我假装女人，你们是想羞辱我吗？”他说道。洛基说：“别傻了，如果真让索列姆拿到了锤子，巨人就会统治阿斯加德。穿上女装吧。我和你一起去，假份成你的伴娘，我们一起拿回雷神之锤。”

于是众神传信给索列姆，九个夜晚之后，他的新娘就会上门。

托尔伪装成新娘，和假扮伴娘的洛基一同坐上山羊拉的战车，向着约顿海姆奔去。

冰霜巨人本来就不是很聪明，索列姆又是其中较笨的，他真的以为弗蕾娅正在路上，要来嫁给他了。他大步巡视自己的珍宝，确保万无一失。他的耕牛依然金角闪耀，他的公牛依然乌黑发亮，他的宝物溢出宝箱。他已经应有尽有，只差弗蕾娅。现在他就要得到她了，可谓尽善尽美。他命令大开宴席，邀请了三教九流的朋友。托尔和洛基一路赶往约顿海姆，他们风驰电掣，使得群山让路，地面起火。他们身穿长袍步入索列姆的大厅，坐在国王宝座的一边，开始大吃大嚼。假扮成弗蕾娅的托尔立刻吃掉了一头公牛和八条大马哈鱼。他风卷残云般干掉了为所有女宾准备的点心。他一坛子接着一坛子地痛饮蜂蜜酒。

索列姆睁大了眼睛，这个女人的胃口之大，让他很是震惊。他满怀期待地搓着双手。“我从没有见过哪个新娘如此能吃能喝。”

假扮成伴娘的洛基解释说弗蕾娅整整八个晚上都没有吃东西，她等不及婚礼了。

索列姆傻呵呵地笑了起来。让这么个如饥似渴的妻子得不到一个热吻可不合适。他掀起了她的面纱，倒抽一口冷气猛地后仰。“她的眼睛像火炭一样燃烧！”

洛基又不得不解释，他说弗蕾娅整整八个晚上都没有睡觉了，她实在是等不及要嫁给索列姆了。

冰霜巨人索列姆偷走了托尔的锤子，要求弗蕾娅嫁给他才同意把锤子还回去。于是托尔假扮成弗蕾娅，洛基假扮成伴娘，他们前往索列姆家中参加婚礼宴席。

宴会过半，托尔斯下伪装，用锤子砸死了索列姆，又干掉了所有来参加婚礼的冰霜巨人的宾朋。

此时，索列姆的姐姐前来向新娘效忠，以交换新娘和伴娘手指上的戒指。

索列姆根本没注意到这个姐姐在干什么蠢事，他估计也看不出来。谁知道她在干什么呢？或者索列姆的整个家族都是傻瓜。他喜滋滋地命人把雷神之锤拿上来，他自己觉得，这也是婚礼上必不可缺的物件。他将锤子放在新娘的膝盖上，靠紧滚烫的大腿。托尔立刻抓住了雷神之锤，一把掀开面纱，怒视着众人。他的双眼和胡须都烈火熊熊。只需雷神之锤的一击，他就砸碎了索列姆的脑袋。他也砸碎了来参加婚礼的所有巨人宾客的脑袋，包括索列姆不幸的姐姐。

当初偷雷神之锤的是索列姆，不是他的姐姐或是来宾。可他们如今都横尸一地。人类热爱托尔，把他看成抵抗巨人、保护人类的英雄。可那天夜晚，他究竟在保护谁呢？

托尔担心假扮成女人会让他蒙羞。不，不，不，他是如此嗜血而残暴，这才是他真正的可鄙之处。托尔可耻，可耻至极！

贪婪的托尔

贪婪的托尔

托尔一想到巨人，就忍不住想干掉他们。他已经鬼迷心窍。有一天早晨，他宣布要前往东方征伐，大杀特杀。洛基希望与他同去，托尔应允了。这两人的组合很奇特。

他们坐上山羊拉的马车，一整天都在中土世界乱逛。夜幕降临，他们来到一间不起眼的农舍，希望能借宿和吃饭。农妇很殷勤地帮这疲惫的两人准备了床铺，但她抱歉地说，食物就只有蔬菜稀粥，没有肉可吃。

托尔说他来想办法弄到肉，他立刻杀掉了自己的两只羊，将皮剥下来放到一边，让农夫一家吃完羊肉后把骨头丢在羊皮上。这顿大餐令饥肠辘辘的农夫一家瞠目结舌。肉都吃完之后，这家的儿子希亚非又看上了羊的大腿骨。骨髓那么美味，那么滋补，可不能丢弃。他悄悄摸过去，劈开骨头，吸完了骨髓，又把腿骨扔到骨堆上。

那一晚所有人都睡得很香。

早上托尔最先醒来，他对着羊骨成堆的羊皮举起了雷神之锤，吟诵出咒语，山羊恢复如初，生龙活虎。但是，一只羊的后腿跛了。托尔大步闯入农夫一家的卧室时，他们还没睡醒。“谁砸碎了我的羊的腿骨？”他高举起雷神之锤来威胁。农夫一家苦苦哀求他饶命，他要什么都可以。

虽然托尔是个暴脾气，但冷静得也很快。农夫一

上页图注：

托尔和洛基前去猎杀巨人。他们来到一个农户家里，大吃大喝，还宰掉了自己拉车的羊来吃肉——托尔的神羊能死而复生，可是这个农户的儿子砸坏了羊的骨头，这个错误的后果就严重了。

古代北欧饮食

上一个故事里，托尔一个人吃掉了一整头牛，八条大马哈鱼，还有其他点心，本章我们又看到了大胃王的比赛。神灵能吃掉如山的食物，这一点对于古代北欧人一定很有吸引力。冬天严酷又漫长，农夫要花费大量的力气才能养活一家人。他们种蔬菜、谷物，还去采野果。古代北欧人还会猎野味、养家畜以及打鱼。他们有时候会趁着鱼新鲜就吃，有时候则会制成熏鱼、腌渍鱼或者发酵的鱼肉。

把鱼挂起来晾干是北欧海盗的一项古老传统

家惊恐的面容让他怒气暂消。他挥挥手说，他不要别的，只需要男孩希亚非和他的妹妹罗斯克娃做他的仆人，那就一笔勾销了。

所谓罪罚相当，轻过不宜用重罚的道理，压根就没进过托尔的脑袋。如今这两个孩子要服侍他一辈子，度过余生，这也不会让他有所愧疚。他总是如此自高自大。可他毕竟是一个神灵，而神灵确实是很重要的。

于是托尔、洛基、男孩希亚非和他的妹妹罗斯克娃一同步行出发，直至海滨。他们睡在沙滩上。早上，他们找了一艘船，渡过大海，来到了乌特加德，进入巨人之国约顿海姆的要塞就在这里。希亚非在前方探路侦察，他发现在一片松林深处的空地上，有一座庞大无比的宫殿可以休息。到了半夜，他们全被大地传来的巨大震动所惊动——整片大地都在吼叫。

托尔觉得这肯定是地震，可他话音刚落，震动就停止了。他们依然觉得这里不安全，于是他们在宫殿里四下搜寻。他们找到了一间侧厅，三个人进去睡觉，托尔则手持雷神之锤枕戈待旦。但其实也没人能睡着；大地时不时地颤抖摇晃，谁能睡得着？这一夜他们尝尽了恐惧的苦涩滋味。

到了早上，托尔悄悄出去，发现一个巨人在睡觉。这巨人身形极其高大，比托尔之前遇到的巨人都大。巨人在打呼噜。啊！原来这就是地震的来源。托尔正看着，巨人醒来了。托尔太过震惊，他没有杀掉巨人，而是冷静行事，询问这个巨人姓甚名谁。

“斯克里米尔。”巨人说道，并且问托尔和他的队员是不是动了他的手套。

托尔立刻就明白过来。他们昨晚睡觉的大厅其实是斯克里米尔的手套，侧厅则是大拇指套的部分。太不可思议了！

斯克里米尔和他们分享了自己带的食物，又陪他们一起上路。可他迈的步子实在又大又快，其他人都落在后面，直到夜里他睡着了，才能赶得上他。巨人任由这一行人拽过他的背包，在里面找吃的，他自己又睡去。托尔、洛基、希亚非和罗斯克娃在背包的绳扣处又拉又扯，却怎么都解不开。托尔认定斯克里米尔是故意戏弄他们。他果然又勃然大怒，

用雷神之锤砸在巨人的前额上。锤子砸破了巨人的一块皮。

巨人醒来说："是不是有叶子落在我头上了？"

这就有些尴尬了。雷神之锤只蹭掉了巨人的皮，杀掉他根本没门。四个人偷偷溜走，整个夜晚都忧心忡忡。斯克里米尔的鼾声让托尔忍无可忍，他走回来，用尽全力对准巨人的前额砸下去。

巨人醒来说："是不是有橡树子掉在我头上了？"

托尔受不了巨人斯克里米尔的呼噜声，他爬到这个熟睡的巨人的脑袋上，用雷神之锤砸了下去。但这个巨人实在太大了，托尔的这一砸只是让他惊醒了过来。

加倍尴尬了。但巨人并没有要威胁他们的意思。到了天将破晓时，托尔蹑手蹑脚地回来，挥舞着雷神之锤，对准巨人的太阳穴更狠地来了一下。

巨人醒来说：“鸟粪——鸟粪掉我身上了。”他这下看见了托尔，于是说：“把你的队伍集合起来，回家去吧，前面的家伙比我还要高大。”说着，斯克里米尔背起背包，走进群山之中。托尔一行人在林中穿行，紧追不舍。他们来到一扇高门前，硬是挤过了门上的铁条缝隙，走进了巨大的厅堂，巨人们侧躺在长凳上，斜眼看着他们。巨人王说他知道眼前这个小小的家伙是雷神托尔。他问来到这儿的旅行者，能不能和巨人们比试一下本领。

洛基决定接受挑战。“我吃得比所有人都快。”于是一个名叫洛吉的巨人和他坐在一条木头食槽的两端。仆人往槽里倒满食物。洛基和洛吉面对面胡吃海塞。可巨人洛吉所吃的不仅是食物，就连骨头和木头食槽也不放过。他赢了。

“还有谁？”巨人王问道。

希亚非说：“我比任何人跑得都快。”于是一个名叫胡吉的矮小家伙站了出来，他依然是个巨人，但比其他巨人矮小，他和希亚非比赛。胡吉赢得不费吹灰之力，他们比了三次，胡吉赢了三次。

“你上吧，托尔？”巨人王说。

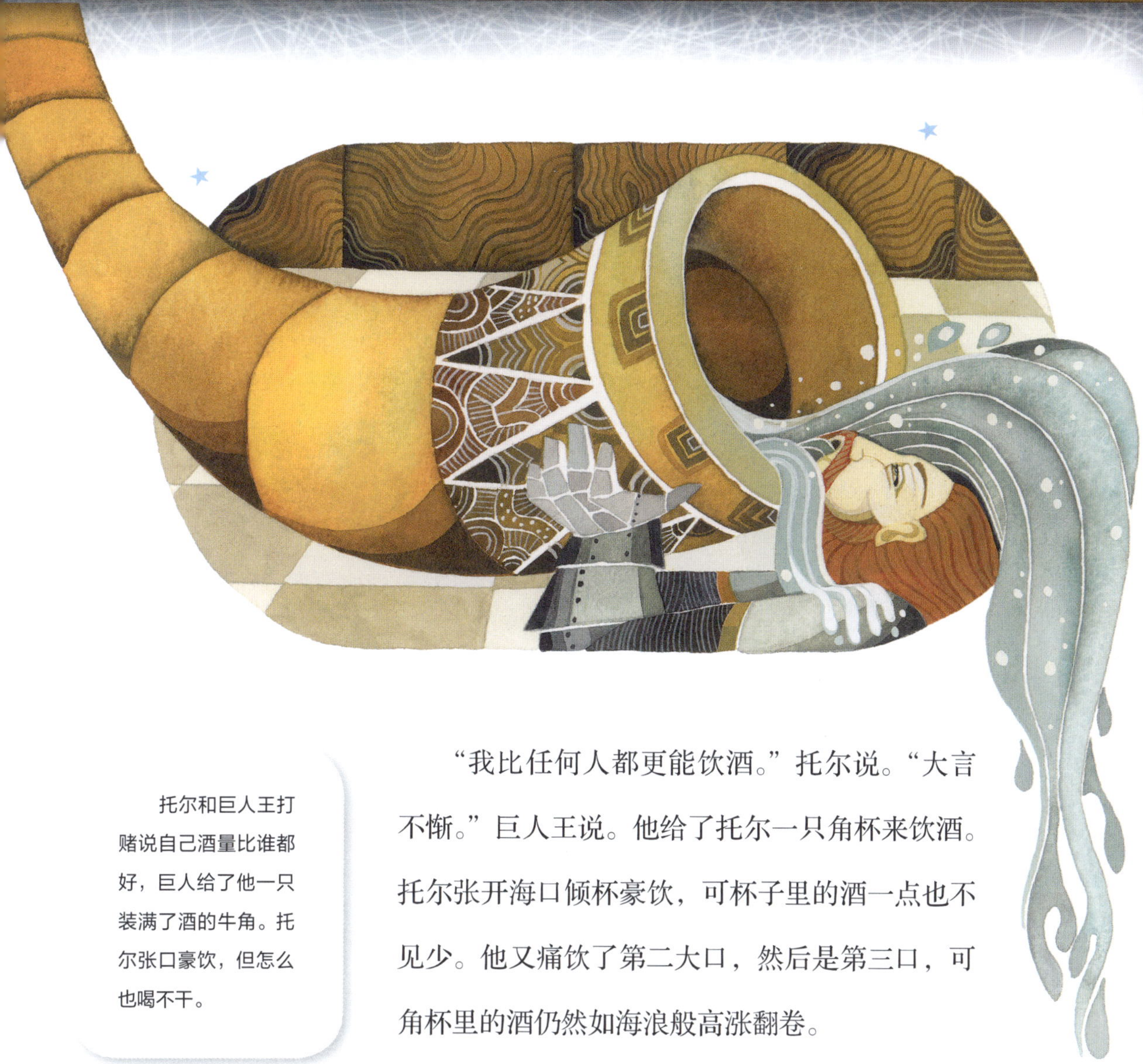

托尔和巨人王打赌说自己酒量比谁都好，巨人给了他一只装满了酒的牛角。托尔张口豪饮，但怎么也喝不干。

“我比任何人都更能饮酒。”托尔说。“大言不惭。”巨人王说。他给了托尔一只角杯来饮酒。托尔张开海口倾杯豪饮，可杯子里的酒一点也不见少。他又痛饮了第二大口，然后是第三口，可角杯里的酒仍然如海浪般高涨翻卷。

“不算！再给我一个别的任务，”托尔说，“什么都行。”

“再别吹牛了，好吗？”巨人王让托尔举起他的猫。

托尔用力想要拉起猫，猫的背高高拱起，越来越弯，但猫爪子始终没有离地。托尔挤到猫的身子下方，用全力向上托，可猫也只不过抬起了一只爪子。“呸！”托尔怒吼道，“再给我第三次挑战，谁来和我摔跤！”

巨人们都笑起来。这次一个年迈的女巨人爱丽一瘸一拐地走上前，扔下手杖。和女人格斗是可耻的，但托尔着急洗清名声。他朝爱丽猛撞，爱丽纹丝不动，他接着用力，却被爱丽按得双膝跪地。

“够了，”巨人王说道，“开宴吧，吃完就休息吧。”

于是众人如痴如狂地大吃大喝，倒在大厅中睡觉。巨人王的慷慨让托尔困惑不解。

第二天，托尔和同伴要离开，巨人王把他们送到森

两次比赛都失败了，托尔挑战巨人和他摔跤。他觉得自己没有对手，但女巨人爱丽打败了他。

林中。托尔还在懊恼自己打赌失败，担心巨人王会把这个丑闻告诉所有人。但巨人王解释道，他们是中了他的咒语迷惑，昨天所发生的一切无非都是些幻术。巨人王就是巨人斯克里米尔，如果托尔的雷神之锤当真砸在他的身上，他也会被打死。在吃东西比赛上打败洛基，甚至吃掉食槽的巨人洛吉，其实是野火所化。在跑步比赛中打败希亚非的巨人胡吉，其实是巨人王的思绪所化。托尔喝不干的角杯，其底部连着大海。而爱丽就是“年迈”本身所化。托尔举不起的猫，其实是巨蛇耶梦加得，它环绕中土世界一圈，自衔其尾。托尔和他的同伴其实已经干得很出色了，证明了他们的确非同一般。“别再回来了，”巨人王说，“我这次用了魔术击败了你们，下次我还会用的。我会用尽一切办法来保护乌特加德。”

棒极了！这个巨人甚至比洛基还更会使诈！托尔深感遭到了戏弄，大怒之下举起雷神之锤，可巨人王早已消失。托尔紧追不舍，打算用锤子摧毁巨人的殿堂，可殿堂也消失了。

托尔于是返回家园，途中还到了那个农场取回自己的两只羊，却也没有放希亚非和罗斯克娃回家。他是一个贪心的神灵，根本不懂得慈悲。

伊敦恩的苹果

伊敦恩的苹果

没有人能肉体长生不老。死亡会带走每一个人。但众神不同于人类、巨人或者矮人，能够一直享受青春的活力，直至被命运击倒并杀死。众神保持青春，不会老去和衰朽的原因并不是秘密，是因为女神伊敦恩。

伊敦恩有苹果，而且不是普通的苹果。不管是谁，只要吃一口她的苹果，都会恢复青春。这些苹果如何到了伊敦恩手中，没有人知道。可她的确是一位魔法师，她的苹果只给众神享用，别人都没有。宇宙中每一个人都知道伊敦恩女神和她的苹果。

一个夏天的清晨，奥丁、洛基和海尼尔出发去探索中土世界中一个陌生的角落。奥丁依然是那么狂妄自大；洛基依然是那么诡计多端；海尼尔依然是那么沉默寡言。还记得海尼尔吗？他是阿萨神族，奥丁的兄弟，在阿萨神族和华纳神族的战争之后，作为人质被送去华纳神族那边。海尼尔是华纳神族的智囊，但必须有密米尔来辅佐他，没有密米尔，海尼尔总是一言不发。

上页图注：

一只巨鹰吃了众神的食物。洛基向老鹰投出长矛，却发现不知为何自己的手被粘在长矛上。为了能解脱，洛基答应了老鹰的要求：伊敦恩和她珍贵的苹果。

三位神灵终日大步漫游，他们沿着一条遍布砾石的冰川溪流进入山谷，偶遇了一群公牛。他们非常幸运，因为他们早就饿坏了。洛基杀了一头公牛，奥丁和海尼尔生起了火堆来炙烤牛肉。肉的香味令人垂涎三尺，但不知怎么回事，牛肉就是烤不熟。

聪明的奥丁猜到了问题所在：“有人在和我们作对。”

“是我。”他们的头顶，橡木枝叶遮盖的天空中，传来了一声长啸。三位神灵抬起头来，看见一只巨大无比的老鹰。“让我先吃牛肉。我吃完了剩下的肉自然会烤好，留给你们吃。”

神灵们别无选择，只能答应了。

老鹰俯冲下来，先大口吃起一条牛前腿，然后吃了第二条前腿，然后是后腿，然后是另一条后腿。眼看什么都剩不下来，洛基大怒，将手杖猛刺向这只大鸟。

老鹰呼啸着飞起，手杖穿透了它的身体，手握权杖的洛基也被带着一同飞了起来。洛基发现自己的手紧紧粘在了手杖上，甩不开。老鹰离地三尺俯冲，洛基也被拖着一路猛撞地面，石块和荆棘磨破了他的腿脚，

苹果在很多文明的神话当中都扮演了独特的角色

养人的苹果

苹果树原产于中亚，可能是人类最早栽种的树种。几千年来，苹果树生长在亚欧大地上，17 世纪由欧洲殖民者带去了美洲大陆。谚语说“每天一个苹果，医生远离我”，其实很有道理：苹果和苹果制品中含有孩子们所需要的营养。所以，苹果出现在北欧神话中，并且能让人拥有力量和活力，也不奇怪。

流出了血。

“救命啊！”洛基叫道。

老鹰紧贴着冰川飞，洛基的血四处飘洒。

“救命啊！”洛基喊道。

“除非你发誓……”

“你要什么？让我发什么誓都行！”

“……你得给我带来伊敦恩和她的苹果。”老鹰抓着洛基向巨石猛撞过去。

“我发誓！”

“给你一周时间。”老鹰尖啸着，把洛基丢在地上，活像丢一袋碎肉。

新的一周到来了，伊敦恩正挽着篮子独自走着，篮子里装满了金苹果，洛基突然跑来说：“你不会相信我看到了什么。”

伊敦恩本就不该停下来，因为按照惯例，洛基又要施展骗术了，但伊敦恩停了下来，听他说话。

“我看见一棵树上长满了金色的苹果，就和你的苹果一样，”洛基说，“或许也是魔法苹果呢。树在森林里，就在彩虹桥的那一边。和我一起去看看，带上你的苹果去比一比，如果真是一样的苹果，你就摘下来留给众神。”

于是伊敦恩和洛基一同过了彩虹桥。她刚一跨过火焰熊熊的桥面，

伊敦恩带着装满金苹果的篮子，这是众神的口福，让众神永葆青春活力。此时洛基出现，劝伊敦恩和他一起到彩虹桥那头去。

老鹰就从天而降，将她和装满苹果的篮子一同抓了起来，飞过大海，径直去了约顿海姆。

洛基早就料到了。约顿海姆是巨人的王国，洛基认定了老鹰其实是一个巨人。没错：正是巨人蒂阿兹，他把伊敦恩带到群山之上的家中，看管起来。

很快，众神就意识到伊敦恩不见了。后果很严重，他们一想到就吓得发抖。他们逐渐变得瘦弱无力。他们的骨头变得跟鸟的骨头一样脆弱，皮肤松弛有了褶皱，眼睛变得浑浊，视力模糊。有些神灵的手开始发抖，有的头秃了，有的因为便秘浑身发黄，还有的因为湿疹变得浑身发红。他们疲惫不堪，心情很糟，十分脆弱。有些神灵开始说胡话，有些想不起来原先掌握的词汇，有些则是话已经到了嘴边，嗓子却发不出声音。年迈真可怕。

奥丁强打起精神，召集众神在金宫开会。只有洛基和伊敦恩没有来。

伊敦恩被巨人蒂阿兹关在家里，众神因为吃不到苹果而遭罪，他们变得老弱不堪。

大家根本没费太大力气，只需将线索一比对，就知道洛基之所以缺席，是因为这一切都是他搞的鬼。他们得找到这个骗子，逼他说出把伊敦恩藏哪儿了。

老态龙钟的众神步履蹒跚地四下搜寻，终于找到了洛基，他正在荒野中睡觉。众神把他捆起来，带到奥丁面前。

孤立无援的洛基被叫醒后，只得交代。他也是没有办法：如果他不答应老鹰（也就是巨人蒂阿兹）把伊敦恩和金苹果送过去，就会被老鹰杀掉。

“没错，你是可以许下诺言，但为什么要遵守诺言呢？”奥丁问道。这个问题问得好。对于洛基这样的骗子，事后不认账才是自然的。他之所以要遵守诺言，只是为了让众神遭难。“我们打算把你的肋骨扯开，铺平在你身边当翅膀——就像你的朋友老鹰的翅膀一样。”奥丁说。

“别！”洛基尖叫道，“我会把伊敦恩和金苹果带回来的，但是弗蕾娅得把她的隼羽长袍借给我。”

弗蕾娅把隼羽长袍递给洛基，顺手将肩上最后几根落发拂去。她的头发已经掉完了，憔悴不堪。

伊敦恩的苹果

正是狡猾的洛基导致伊敦恩被巨人关了起来，于是他变成猎隼，救出了伊敦恩。巨人一死，伊敦恩摊开双手，她捧着生命的金苹果。

“你已不再美丽。”洛基说。

弗蕾娅不得不抹去脸上赤金色的泪水。

洛基披上隼羽长袍，变成了一只猎隼。他飞往约顿海姆群山高处的索列姆海姆。在这里，伊敦恩正缩在一间四面透风的小房间里发抖。她不知道蒂阿兹去了哪里，又怕他回来。洛基将伊敦恩变成一粒坚果，抓在爪子里，向阿斯加德飞去。此时蒂阿兹和他的女儿丝卡蒂正好回家，看见伊敦恩不见了，蒂阿兹立刻变成一只老鹰，去追伊敦恩。他比洛基更强壮有力，很快就要追上猎隼了。

可是奥丁从至高王座上看得一清二楚，他让众神都去拾柴火，点起一个巨大的火堆。颤颤巍巍的众神，连从身边捡几块引火的木头都力不从心，但他们最终还是将火堆点起来了。火焰极高，洛基从上头越了过去，可当蒂阿兹飞来时，火焰升腾得更高，烧死了蒂阿兹。

洛基对坚果吟诵咒语。

伊敦恩重新站在众神面前，依然保持着青春，她递出了苹果。

丝卡蒂和尼奥尔德

丝卡蒂和尼奥尔德

在索列姆海姆的山上，丝卡蒂看着她的父亲巨人蒂阿兹变为一只老鹰，追赶洛基而去。老鹰比猎隼强壮。蒂阿兹又是化鸟飞翔的高手，而洛基则是新手。蒂阿兹一定能抓住狡猾的洛基，将伊敦恩和苹果带回来，丝卡蒂和父亲就能永葆青春了。

丝卡蒂只需要等待。可她坐不住，她在群山之中漫步。小石子和裂开的岩石踩上去都咯吱咯吱地响。大片的积雪洁白闪亮，让她不能直视。水渗进来，贴着皮肤，冷得刺骨。约顿海姆的这个角落真是一片空荡荡的荒野。丝卡蒂微笑起来，女巨人的心中涌起了热爱。这样灰暗的一天，能和父亲一起在索列姆海姆度过，是多么美好啊。

但事情好像不对劲。时间过去了很久，夜深了，蒂阿兹依然没有回来。丝卡蒂揉揉眉毛，抠抠膝盖，捏捏脚指头，她觉得，阿斯加德的众神肯定对蒂阿兹设下了什么可怕的诡计。这一伙人很恶毒，毫无底线。到破晓时，丝卡蒂心中已如巨石般沉重，她知道父亲已经死了。

上页图注：

女巨人丝卡蒂猜到自己的父亲蒂阿兹肯定是被杀害了。在图中，可以看到她戴着头盔，穿着锁子甲，手持她父亲的盾和矛，准备找阿萨神族复仇。

丝卡蒂穿上锁子甲，戴上头盔。父亲厚盾的兽皮上，镶嵌着许多鸟头，她逐一抚摸红色的鸟喙，凝视闪亮的鸟眼，她的手指紧紧地攥住了战矛的白蜡杆。

最后，她把父亲的剑挂在腰上。巨人苏尔特有一把能喷火的剑，他会在末日之战众神的黄昏来临时，

滑雪是古代北欧文化非常重要的一部分

在冬天旅行

丝卡蒂会使用滑雪板飞驰而过，她狩猎时使用的就是滑雪板。滑雪板诞生的时间远比轮子更早，可能要早两万多年。法国里昂的一幅旧石器时代的岩画表明，克罗马格农时代的人类，早在上一次冰河时期，就利用雪鞋、滑雪板和雪橇来捕捉驯鹿了。滑雪技术从欧洲传到亚洲，再传到北美洲，许多年后，整个北半球都掌握滑雪技术了。英语中"滑雪"（ski）这个词正是来自古代北欧语言。

高举这把剑向阿萨神族开战。神灵海姆达尔有一把名叫霍福德的剑，它无所不知，所以挥舞此剑需要智慧。神灵弗雷有一把剑，能够自动砍杀敌人。但它们都比不上丝卡蒂父亲的剑。这把剑身上镌刻着毒蛇，战斗时会将恐惧如蛇毒一般注入敌人的内心。

如今丝卡蒂已经准备停当，便动身前往阿斯加德。她噘起双唇，准备迎接复仇的甜蜜之吻。

海姆达尔当然看见了她的到来。他警戒的工作干得很好。他吹响加拉尔号角，召集众神。当丝卡蒂来到彩虹桥的桥头时，众神已经到位。众神已经不希望再为此流血，他们希望给丝卡蒂黄金来补偿她父亲的死。

丝卡蒂只是耸了耸肩。她要黄金有什么用呢？她自己就拥有一座金山。可当她远眺众神时，她发现其中有几位还不那么让人讨厌。还有一位更是赏心悦目——那个叫巴德尔的神灵（这还是英俊少年巴德尔被杀死前的故事）。丝卡蒂本就是个热情似火的女巨人，她当然会因为父亲的离去而心碎，但是有了那个巴德尔——哦——他将是索列姆海姆阴冷夜晚中的耀眼光芒。于是丝卡蒂开口说话，她没有拿起那一袋子黄金，而是希望挑选一个夫君。“此人要温柔聪明。而且如果我不能开怀大笑一场，我也是不会离开的。”

丝卡蒂本人也模样俊俏。众神本来就会娶女巨人为妻，所以丝卡蒂的要求不能算过分。但奥丁不由注意到，丝卡蒂的目光一直萦绕着巴德尔，巴德尔又是他最喜欢的孩子——绝不能让丝卡蒂来决定巴德尔的人生。于是奥丁同意了。“但是有一个条件，”他说，“你得通过看脚来选夫君。所有人都得把身体遮盖起来，只露出脚。”

这在丝卡蒂看来也没什么不好。巴德尔既然有惊世绝伦的面容，双脚也肯定惹人怜爱。于是众神把全身都遮住了，只露出双脚，丝卡蒂不假思索就选定了。

此时，她才发现，自己选择的是尼奥尔德。尼奥尔德是一个喜欢胡闹游乐的神灵。他原本属于华纳神族，战后作为交换来到阿斯加德，和自己的儿子弗雷、女儿弗蕾娅生活在这里。他是海员和水手的神灵，面

女巨人丝卡蒂想替父亲蒂阿兹报仇。奥丁决定让她自己选一个丈夫作为补偿——但她只能看见候选人的脚。

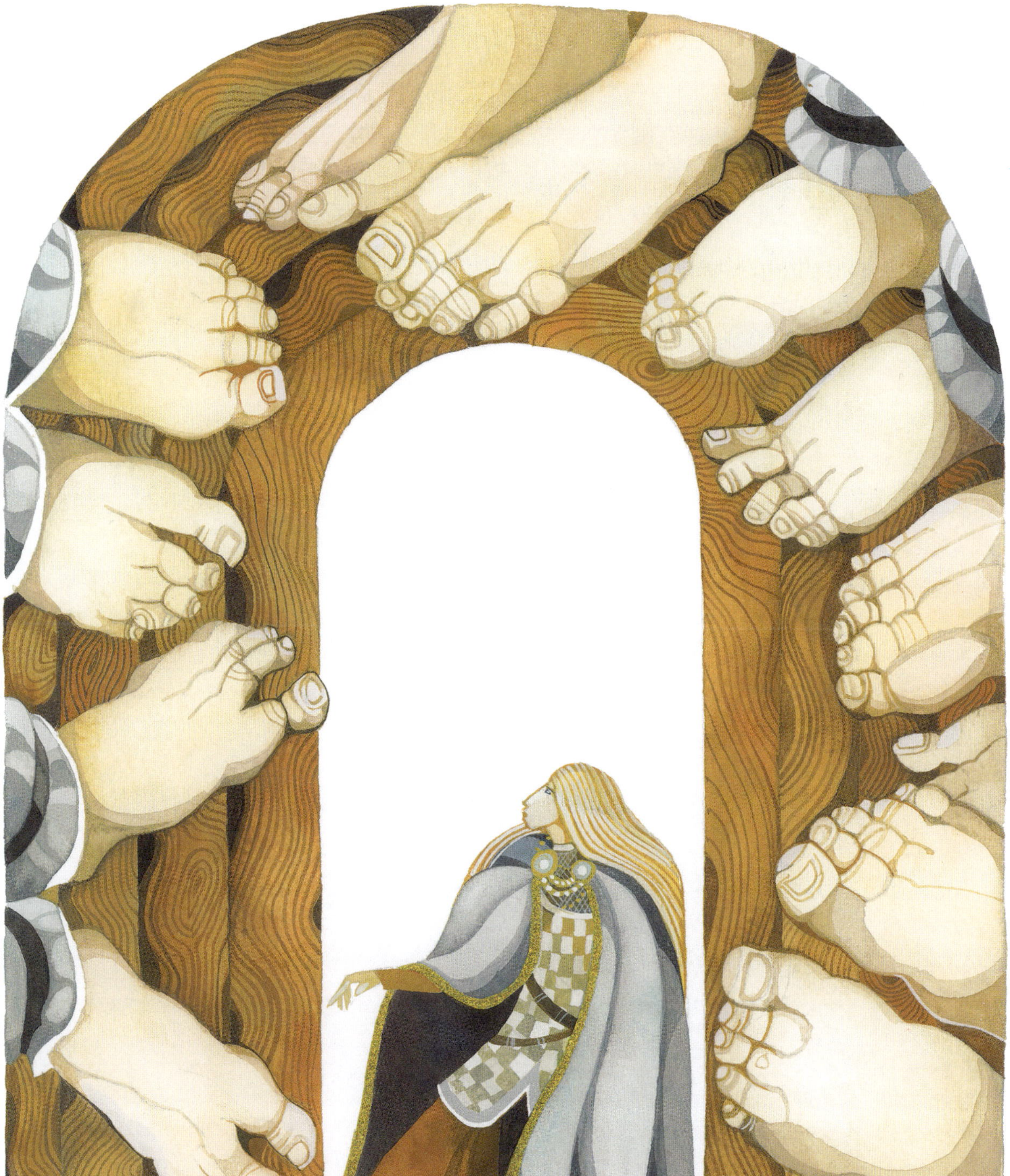

容也和他们差不多：面颊饱经风霜，双眼如大海般碧蓝，头发里有盐粒。丝卡蒂想要的可不是他。绝对不是。

但丝卡蒂刚要开口反对，尼奥尔德先抬起手警告她：“你我就要结婚，切莫说刻薄的话。”

“我上当了。”丝卡蒂说。

“嫁我总比嫁给洛基强，对不对？”尼奥尔德回答说。

奥丁点头赞许。“尼奥尔德温柔又聪明。这正是你需要的夫君，丝卡蒂。”

“可我提出的开怀大笑的要求呢？怎么实现？”丝卡蒂摇头，“我怎么笑得出来？”

于是洛基上场了。这个骗子总觉得自己才是万金油。他讲了一个笑话，说一只山羊和他一起去市场，一人一

女巨人丝卡蒂说，若要她嫁给尼奥尔德，就得让她大笑起来。于是洛基讲了一个非常好笑的笑话，丝卡蒂没忍住笑了起来。

羊拔起了河，闹得不可开交，正说到要紧之处，他倒进了丝卡蒂怀里。女巨人不由自主地大笑起来。

丝卡蒂提出的所有要求都实现了。她再也没有可以用来争辩的话了。

奥丁决定让此刻更加温馨。他从小袋子里掏出两枚湿漉漉的圆球。这是丝卡蒂的父亲蒂阿兹的眼睛。在这双眼睛的注视下，她觉得呼吸困难。奥丁将眼睛高高抛起，挂在天空中，变成双子星照拂着丝卡蒂。

尼奥尔德伸出手，邀请新婚妻子和他一起去他钟爱的船城诺欧通生活。这对新婚夫妻的第一次争吵就这样开始了，他们之后还会争执不断。丝卡蒂说，她只会生活在索列姆海姆，哪里都不去。最后他们同意，九个晚上生活在其中一方的地方，之后九个晚上则生活在另外一方的家中。他们先住在索列姆海姆，因为尼奥尔德还有些绅士风度。但尼奥尔德很快就开始讨厌冰封的群山，他觉得这里死气沉沉，狼嚎声让他睡不着觉。过了九个夜晚，他们来到诺欧通，可女巨人也很快就憎恨这里海浪摇曳，船只起伏的场景，没完没了，始终没完没了。更

神灵尼奥尔德钟爱他的船城，女巨人丝卡蒂则热爱自己的雪山。尽管两人是夫妻，却没办法找到一个两人都满意的地方共同生活。

糟的是还有天鹅的高声叫唤和海鸥的咕嘎声。她始终睡不着，即便尼奥尔德在她耳边吟唱故事也没用。

很快，夫妻两人就分居了，生活在各自的王国里。尼奥尔德常听到丝卡蒂的消息，还偶尔能看见她——她滑着雪，从雪原上飞驰而过，身影转瞬即逝。丝卡蒂下定决心一人独守这冰雪世界。

有些婚姻，本就不该开始。

弗雷和吉尔德

弗雷和吉尔德

弗雷是尼奥尔德的儿子。他原本属于华纳神族，可当他的父亲在大战之后被交换来阿斯加德后，他和妹妹弗蕾娅也随同老父亲一起来了。这对弗雷没什么不好：阿萨众神对他不错。当他首次切断牙齿的时候，众神还按照惯例举办了切牙典礼，并将整个亚尔夫海姆作为礼物送给他来统治。亚尔夫海姆的光之精灵热爱他，这有什么奇怪的？弗雷是阳光和甜美的微风之神。他乘坐的战车由金猪古林博斯帝来拖拽，纯金色的鬃毛照亮了沿路。弗雷还向路边的人抛去鲜花和水果。他还会坐着名叫基德普拉特尼的船出游，这艘船能随船长的心意，不管去哪个方向，都能自动找风。人类也爱弗雷，因为他带来了作物生长的季节。他负责全宇宙的丰产，唯一不喜欢弗雷的就只有巨人一族了。他们讨厌阳光和微风，热爱冷冰冰的约顿海姆。他们既然敌视弗雷，弗雷就也针锋相对。他觉得冰霜巨人就是宇宙中的灾星。

所以，弗雷平时就住在亚尔夫海姆，在阿斯加德过着随心所欲的生活。他随心所欲地过了头，有一天，他做了件出格的事情，这件事只有奥丁和他的王后弗丽嘉有资格做：弗雷坐上了至高王座，张眼看九个世界。他的麻烦就这么开始了。

他向北去看约顿海姆。那儿有一座巨大的殿堂，属

上页图注：

弗雷做了一件违背天条的事情：他坐在奥丁的王座上，看到了美貌惊人的女巨人吉尔德。阳光照耀着她，她光芒四射，弗雷对她一见钟情，而他又毫无办法，因为他一直很讨厌巨人。

于巨人吉米尔。吉米尔有一个女儿，一个漂亮的女儿。哦！这个姑娘可真是倾国倾城。这个女人，光辉灿烂的吉尔德，正好从父亲的豪华圣殿中走出来，而弗雷也恰好看向这里。吉尔德转过身去，关上身后大殿的门窗，九个世界的光芒都在她的玉腕上闪烁。她比黄金还要夺目，比星辰还要闪亮，甚至比白雪反射的日光更辉煌。

弗雷目不转睛。他的目光一刻都不能离开吉尔德。

直到姑娘走进自己的殿堂，关上门之后，弗雷才闭上眼睛。可姑娘的身影在他脑子里像烈火一样燃烧。他什么也不想看了。他跌跌撞撞离开奥丁的圣殿，内心无比焦渴。他睡不着觉，吃不下饭，他想要得到吉尔德。弗雷得了相思病，被折磨得不轻。

挪威的北极光

午夜艳阳

所有在北极圈以北的土地，都会在夏天有漫长的白天，有些天里，太阳甚至从不落山，而在冬天，白天又很短，太阳有时候甚至一天都不出现。在挪威，有阴暗的冬天，陡峭的群山，还有深邃冰冷的峡湾。寒风让人们没办法在室外行走，这些都让冬季里离群索居的人格外难熬。所以斯基尼尔威胁吉尔德再也找不到丈夫时，他认为吉尔德一定会害怕这种难熬的寂寞。

尼奥尔德自己也有烦心事，他的妻子不愿意和他一起生活，儿子的状况也让他担忧，于是他派出弗雷的随从斯基尼尔去打探消息。

弗雷告诉斯基尼尔他一见钟情的事，还有他担忧这门亲事绝对没希望，因为巨人对阿萨神族的任何人都没有好感，更何况是对死敌弗雷。尽管如此，满脑袋爱意的弗雷还是催促斯基尼尔去把这个女子给带回来。

但斯基尼尔需要帮助。他让弗雷借给他那把可以自动作战、保护主人的剑，还需要弗雷借给他那匹能够在暗夜中自己寻路、不会被火焰所伤的宝马。弗雷给了他这些宝贝……日后他会知道这是个愚蠢的决定，但陷入苦恋的神灵，和我们任何人一样，都会失去理智。

斯基尼尔拼尽力气策马飞奔。他说服摆渡人带他过河，来到约顿海姆。此时正是午夜，但骏马依旧飞奔不停，它能够在暗夜中辨清道路。他们来到一道火幕前，马儿未做停留，穿火而过，它也不畏火焰灼烧。到了黎明时分，他们终于到了。

吉尔德的殿堂前有猛犬守卫。它们狂吠又低吼。吉尔德听见了外面的动静，要侍从准备迎客，尽管她刚从睡梦中惊醒，嘴里发干，耳朵嗡嗡作响。

斯基尼尔来到吉尔德身前，吉尔德穿着一身白衣。斯基尼尔带来了十一个伊敦恩的金苹果，作为弗雷的彩礼。“想想看，您的美貌可以亘古长存。”他说。

斯基尼尔向吉尔德保证她可以永葆青春，但也没能说服她嫁给巨人的死敌弗雷。

斯基尼尔又拿出德罗普尼尔指环，这是矮人布洛克献给奥丁的。它为何到了斯基尼尔手里，就得靠个人猜测了。“每过九天，这枚指环就会滴下八个新的指环，都和原来的指环一样精美。”

可谁又需要财富呢？吉尔德的父亲吉米尔的大殿里就堆满了金银财宝。

弗雷爱上了美丽的女巨人吉尔德。他派出自己的仆人斯基尼尔前去求娶女巨人。斯基尼尔给她带了十一个伊敦恩的苹果，条件是嫁给弗雷。但是永葆青春的承诺并没有打动她。

斯基尼尔说尽甜言蜜语，依然毫无进展，于是拔出了弗雷的宝剑：“你自己选吧，是出嫁还是掉脑袋？”

但吉尔德说，她父亲能打败弗雷。

斯基尼尔举起了他自己的魔法杖，这魔法杖有无穷的魔力。斯基尼尔开口说话时，吉尔德目瞪口呆地看着，仿佛中了咒语。“如果你不嫁给弗雷，你就将孤独终老。你将永远孤独地坐在你的殿堂里，凄凄惨惨，爱抚你肌肤的将只有夹着冰雪的刺骨冷风。你会无数次莫名其妙地怒火中烧，又会连天累月地抹眼泪，你会如同最低贱的爬虫一样，在冰霜巨人的宫殿里爬行扭动，你不知道自己为什么会这样，却又不能控制。你会哭号着说需要一个丈夫，却永远、永远得不到任何人。你所喝的一切都会如同脏水一样恶心，但你还是会一饮而尽，因为你永远都会焦渴难耐。这是你选的，吉尔德，没有欢乐，全是痛苦，除非你嫁给弗雷。”

吉尔德不愿意嫁给弗雷，这让斯基尼尔大为恼火。他威胁吉尔德，说她会孤独终老。他的话吓坏了吉尔德，她将信将疑。但最终让吉尔德爱上弗雷的是他的魔杖，并不是什么许诺或者威胁。

吉尔德听着这些恶毒的话语，浑身发抖。这些话威胁她会失去作为女人的一切珍宝。她永远都吸引不到会娶自己为妻的人，不会有孩子。她养育后代的打算将一败涂地。可她依然坚决地拒绝嫁给弗雷。

此时，她抬头看了一眼斯基尼尔的魔杖，魔杖飘浮在她头顶。她目不转睛地凝视着魔杖，语气也缓和下来，她说：“我怎么也想不到自己会爱上一个神灵呢。”斯基尼尔的礼物没起作用，暴力威胁也没奏效。吉尔德只是看了魔杖一眼，就神奇地回心转意了。她爱上了弗雷。为什么？怎么爱上的？这并不重要，她爱上他了，答应九天后就嫁给他。

斯基尼尔带着好消息回去复命，弗雷觉得他等不了九天，可当然了，他还是等了，并且娶到了吉尔德。

他还没发现，丢失神剑的代价是他无法承担的。斯基尼尔没有把神剑从约顿海姆带回来。弗雷原本要在众神的黄昏一战中使用神剑。有了神剑，或许他能够战胜火巨人苏尔特，不会被苏尔特残忍地杀死。如果他本人去向吉尔德正大光明地求爱，而不是派出斯基尼尔鬼鬼祟祟地去偷心，他本可以既迎娶意中人，又不会丢了神剑。

但或许也未必如此。总之，命运就是命运。想想后来他怎么对待吉尔德的，弗雷还真是罪有应得。

酿下大错

酿下大错

弗丽嘉是奥丁的妻子，她尽责地承担着众神女王的角色。她发现，丈夫并不需要她花费什么心思。她的丈夫任性、固执，即便她想要影响他，也不会起什么作用。奥丁觉得，女人都是多变的，头脑更是简单。他越是对弗丽嘉甜言蜜语，弗丽嘉越知道他的虚伪。他谁也不相信，因此别人也信不过他。因此，弗丽嘉就没有在奥丁身上浪费时间和精力。她看重的是一件男人做不了，只有女人能做的事情：养育孩子。弗丽嘉帮助所有分娩的母亲，她让母亲们躺在开满黄花的草床上，辛辣的气味能很快杀死在产妇身体上爬进爬出的跳蚤。女人们放松下来，半昏半醒，只有这样才能让生孩子轻松许多。弗丽嘉的嗓音更能安慰人：她会和产妇谈母爱。她成了爱的女神，并不是弗蕾娅所代表的那种浪漫的挑逗之爱，而是一个人对另一个人终生不渝的博爱和奉献。弗丽嘉完全懂得这种爱所应有的一切，因为她就是这样爱自己的孩子巴德尔和霍德尔的。她热爱这两兄弟，她在自己的圣殿芬撒里尔中把他们养大，不断亲吻这兄弟俩。

上页图注：

弗丽嘉，奥丁的妻子，钟爱自己的两个孩子。霍德尔是瞎子，却总是热心地帮助他人。巴德尔则以面容英俊而出名，性格温和。两人都是好心的神灵，可能是因为弗丽嘉给了他们许多的爱。

正是因为如此，两兄弟才变得和其他神灵不同。霍德尔两眼全瞎，身体却惊人地强壮。他总是小心地走在别人后面，听别人说话，愿意听人指派。他成了黑暗之神，在冬天安家。他觉得这样很好。冬天是漫

弗丽嘉草

蓬子菜

蓬子菜，一般被称为黄花床单草，遍布于整个欧亚大陆。在中世纪，人们用这种草装填床垫，因为其味道能杀死跳蚤。草上的黄花可以在制作奶酪时凝固牛奶。它的根可以用来染红色，花则用来染黄色。叶子可以用来制作镇静剂。在丹麦，今天人们还用这种草来酿酒。弗丽嘉用这种草来帮助分娩的母亲，因此这种草叫作弗丽嘉草——弗丽嘉真是有史以来最伤心的母亲。

长和强大的，也很安静，就像他本人一样。冬天又总是会回来，最终胜利的始终是冬天，就像母爱一样。

巴德尔完全是霍德尔的反面，他轻盈而欢快。他不像其他的阿萨神灵那样大声咆哮，重重踱步。他也不会因为一些最不起眼的小玩笑而勃然大怒。他很周到，很温和，也很睿智，但和他父亲奥丁的智慧很不同。奥丁以智慧遍知一切，懂得一切事物，而巴德尔则通过直觉来把握世界。他珍爱世界上每一个生命，甚至超出了生命的范畴。他珍爱每一棵树，每一块岩石，每一缕微风，每一粒沙子，每一滴露珠。巴德尔真是这个宇宙中的异类，他对别人的诡计毫无提防，因此也注定下场悲惨，如同失去双翼的小鸟一样。

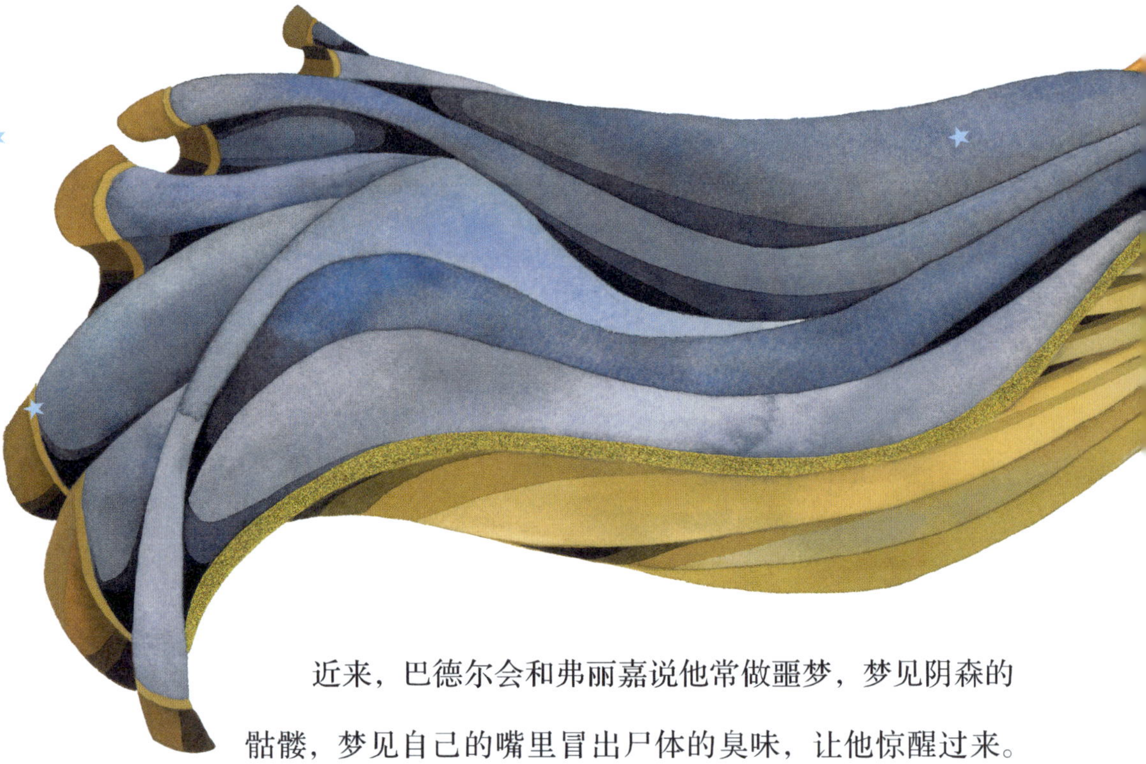

近来，巴德尔会和弗丽嘉说他常做噩梦，梦见阴森的骷髅，梦见自己的嘴里冒出尸体的臭味，让他惊醒过来。弗丽嘉对此毫不吃惊。她的儿子对于这个现实世界而言太过纯洁了。她也正等着这件事情的到来。她和奥丁一样，也能预见大部分未来——当然了，也许有些不完整，但依旧很明确。她从来不说。对于无法改变的事情，告诉人们又有什么意义呢？预见只会让他们更加受罪，甚至让他们更手足无措，无助和绝望会毁灭灵魂。不，听到巴德尔的诉说，弗丽嘉甚至没有多眨一下眼睛。

但弗丽嘉是众神的女王，是阿斯加德的王后，只有她才能够和奥丁一起，坐上至高王座，洞察整个宇宙。弗丽嘉不打算袖手旁观，恐惧让她咬紧牙关，睁大眼睛，攥紧拳头。

弗丽嘉刚开始并没有插手，先让奥丁来解决此事。奥丁毕竟是众神之父，需要做主。奥丁召集众神聚会，讨论巴德尔的噩梦究竟有何预兆。

巴德尔梦见自己死去。于是他的母亲、奥丁之妻弗丽嘉飞遍整个宇宙，要求万物都起誓不会伤害巴德尔。

然后奥丁骑着自己八条腿的神驹斯莱泼尼尔，来到尼福尔海姆，和一个女预言家同时也是神谕者讨论此事。这位神谕者说，梦里的一切最终都会发生。这一切都是徒劳的，当然了，奥丁之前就知道，他能看见未来。然而作为父亲，奥丁依然抱了一线希望，万一这次他的预见不准呢？他一定是死死咬住牙齿，拼命从喉头挤出这一点幻想，才会前来咨询神谕者。他回去见弗丽嘉，悲伤地摇了摇头，头发胡子乱蓬蓬的。

弗丽嘉决定放手一搏。她飞遍了整个宇宙，因为她和弗蕾娅一样，有一件能让她飞的长袍。她要求火焰、水、金属、石头、树、疾病、野兽、飞禽、毒物，还有毒蛇都发誓不会伤害巴德尔。所有人、所有物品都对她做了承诺，巴德尔已经刀枪不入了。

为了试验，有人朝巴德尔扔石头，巴德尔毫无感觉。有人朝他扔木棍，他也并无感觉。哈！众神觉得事情到这一步就变得很有趣了。很快，众神就喜欢用刀剑去刺巴德尔，至少也会用石头砸他，看着这个英俊的神灵如何毫发无伤，满脸微笑，这已经成了众神的消遣。

洛基憎恨这一幕。如今巴德尔成了众神的焦点。于是，他伪装成一个老妇人，去拜访了弗丽嘉。他抱怨别人都用石头砸这个可怜孩子，仿佛他根本不知道巴德尔刀枪不入的事情一般。于是弗丽嘉解释道，这个孩子是她的儿子，众神这样做不是伤害他，而是玩乐，因为全宇宙都已经许下诺言，她的孩子绝不会受一点点伤。变装之后的洛基问，有没有可能存在某个东西，碰巧没有起誓不伤害巴德尔。弗丽嘉本该心存警惕。她本该怀疑此人的动机险恶，哪怕提问的人不过是个平凡无奇、颤颤巍巍的老妇人。可弗丽嘉并没有怀疑。她坦率地回答道：有一棵小小的槲寄生，过于柔嫩，弗丽嘉觉得没必要让它也起誓。

霍德尔是巴德尔的瞎眼弟弟。洛基用诡计使他把一根槲寄生飞镖射向了巴德尔——是洛基手把手带着霍德尔扔的。这根飞镖杀死了可怜的巴德尔。

洛基拔起了那棵槲寄生，用它制成了飞镖。

随后，这个骗子展开了他一生中、也是宇宙中最恶毒的诡计，他让霍德尔也加入了向巴德尔扔东西的游戏——霍德尔以前从没有做过；盲人也没办法投掷东西。可洛基牵着霍德尔的手帮他瞄准，他在霍德尔手中放的正是槲寄生飞镖。霍德尔扔了出去。哎呀，他无意间杀死了自己的亲哥哥。整个阿斯加德都悲从中来。弗丽嘉问，谁敢下去找海拉，给她一笔赎金，换巴德尔回来。奥丁的另一个儿子海姆德自愿前往。他骑上奥丁的神驹斯莱泼尼尔，走了整整九夜，来到了海拉的地下王国，请

求海拉将巴德尔放回人间，因为整个宇宙都热爱巴德尔。

海拉回答道，只要整个宇宙都为巴德尔流泪，她就会放回巴德尔。但如果有什么东西拒绝流泪，巴德尔就属于地狱，直至末日之战。

于是阿斯加德向全世界派出信使，请求所有人都为巴德尔流泪，好让他从地狱归来。每个人都流泪了，只有一个女巨人索克除外。有人说这个女巨人是洛基假扮的。但巴德尔的命运就此注定。

海拉同意，如果宇宙中所有人都为巴德尔哭泣，她就会放他回人间。于是大家都落泪了，发出痛苦的哭声，只有女巨人索克没哭。但这已经注定了结局，巴德尔无法离开地狱了。

奥丁四下环顾，一心复仇。弗丽嘉不敢看他的眼睛，因为霍德尔也是她的儿子。她泪落如雨，深藏不出。于是奥丁娶女巨人琳达为妻，同一天就生下了一个儿子，名叫瓦利。瓦利在天黑以前就长大成人，杀死了不幸的霍德尔。曾经有十二位主神，如今有两位已经去往冥府了。

巴德尔就此留在地狱中，等待着众神的黄昏之战到

来，那时他将和霍德尔一起重获自由。霍德尔的双手一直捧着自己的脑袋。奥丁总是梦见巴德尔，他闪闪发光的孩子。每次奥丁的圣殿里长凳吱嘎作响，奥丁就希望，是巴德尔回来了。还有弗丽嘉，可怜的弗丽嘉，她为巴德尔哭泣，为霍德尔哭泣，为众生哭泣。

这个宇宙中的一切，将永远无法恢复到往日时光。

众神复仇

众神复仇

洛基呀，洛基，洛基，洛基，洛基——他是一天都不能不干坏事。他唆使霍德尔杀死了巴德尔，让大家都深陷哀痛之中。但他居然能通过办一场宴会招待阿萨神族来蒙混过关。毕竟洛基和奥丁是血亲兄弟，而且老实说，也有不少神灵过去曾从洛基的骗术中得到了好处。

这场宴会比起其他的宴会更加奢华壮丽。不需要仆从手持长颈瓶倒酒，啤酒会自动倒入来客的酒杯中，让殿堂闪闪发光的是黄金，而不是燃烧的蜡烛。所有人都对张罗酒宴的两个仆从赞不绝口，他们就是埃尔迪尔和费玛芬格。他们的工作和魔术也差不多。但是洛基受够了，他再也听不得大家夸奖别人，就杀死了费玛芬格。就这么简单，就在当场，在神圣的殿堂里。

阿萨神族把洛基驱赶到森林中。可是洛基又回到了酒宴上，对所有神灵破口大骂。奥丁不得不允许他留下来，因为奥丁曾许下诺言，杯中若有酒，就要分给洛基喝。洛基想要的可不仅是酒，他想要让人痛苦，于是他唇枪舌剑地数落他人之苦楚。他说女神们都丧尽了美德，无非是一些长舌妇，不管是伊敦恩、格欧费茵还是弗丽嘉或者弗蕾娅。他还一个接一个地点名辱骂了所有男神，说他们都是懦夫——不管是弗雷、

上页图注：

阿萨神族办了一场盛大的宴会，不需要仆从手持长颈瓶倒酒，啤酒会自动注满来客的酒杯。准备这场盛会的仆人获得了褒奖，对他们来说，这带来了不幸，对善妒的洛基来说也是不幸的。

毒蛇

欧洲蝰蛇

在北欧神话中，毒蛇是可怕的敌人，但在挪威一共只有三种蛇，其中只有一种有毒，也就是普通欧洲蝰蛇。这种蛇粗壮短小，在斯堪的纳维亚大陆最长可以长到约三英尺的长度。蛇头扁平，有一个翘起的吻部和一对大眼睛。眼睛或者是深棕色的，或者是黄色有纹路的。被这种蛇攻击可能会致命，特别是孩子，但一般仅仅造成疼痛，疼痛来得很快，又剧烈，有时候甚至会疼上一年。

提尔，还是海姆达尔，甚至奥丁。他的污言秽语如同锋刃一般伤人，直到托尔前来，声称要用雷神之锤砸扁洛基。可洛基还是坚持最后骂了一句，才甩开长腿，一溜烟逃进了群山之中。

他在山里修建了一座有四扇门的房子，好让自己能提前看到从任何方向来的人。这段时间，洛基常常会化为一条大马哈鱼，在弗拉南的瀑布下度日。他常在浪花中跃起，担心有人在追踪他，对他有什么坏心思。他陷入深思，同时扯下亚麻，在手掌间搓动，直至将亚麻捻成线，将线织成网——搓线、织网、思索。从一开始，他的末日就注定了……这是谁造成的错呢？他思索着，思索着。

此时，他看见众神追杀而来。

阿萨神族因巴德尔被洛基谋害而向洛基寻仇。洛基变形为一条鱼游走了，众神用渔网也没抓住他。

洛基把网扔进火里，化为大马哈鱼，跃入瀑布之中。

阿萨神族赶到了这间空空的小屋。最先进屋的是诗人克瓦希尔，所有的诗人都能敏锐地发现别人所忽视的细节，克瓦希尔也不例外。克瓦希尔看到了扔进火堆里的网，立刻断定这是一张渔网。阿萨众神立刻开始纺亚麻线，很快就织成了一张网，和被烧毁的那张一模一样。他们来到溪流边，托尔抓住网的一头，其余的阿萨神族抓住网的另一头，用力向远处撒网。今天真是个捕鱼的好日子。

网就落在洛基身边，但洛基敏捷地躲在两块石头中间，网从他头顶滑过，什么也没捞上来。

众神加密了这张网。他们来到上游，再次撒网。今天真是个捕鱼的好日子。

洛基在网前面飞快地游，网眼见就要追上他了。前方就是深深的大海，但大海里危机重重。洛基转过身，跃出水面，越过渔网，又回到了

瀑布里。

阿萨众神当然看见了他破水而出，于是他们追踪着赶来，就在瀑布处撒网。神灵分两队各自抓住渔网的两头，而强壮的托尔则蹚进溪水里，来到小溪中游，渔网后方，摆好抓鱼的姿势，他急不可待地想要抓住邪恶的骗子洛基。今天真是个捕鱼的好日子。

洛基游在网的前方，面朝大海的方向。可他并不想冒险进入深幽的海洋，绝不。于是他再次掉头，跃出水面，越过渔网，直接掉进托尔的手里。托尔提着鱼尾巴，带进了群山之中的一个山洞里，众神搬来三大块石板，在上面钻孔，然后将石板头尾相接地排列起来。他们又抓来洛基的两个儿子，也就是瓦利和纳里。他们把瓦利变成狼，于是瓦利立刻跳到自己兄弟的身上，把他撕咬得粉身碎骨。众神又把洛基捆在三块大石板上，把他的肩膀捆住，大腿捆住，膝盖捆住。女巨人丝卡蒂抓来一

托尔抓住洛基，众神把他绑在岩洞中的巨石上，一条蛇盘在他头顶上方，向下滴毒液。洛基的妻子西格恩用盆去接毒液。可当她离开去倒空盆里的毒液时，毒液就会灼伤洛基。

条蛇，悬在洛基的头顶，毒液从蛇的嘴巴里滴到洛基的脸上。洛基的一个妻子西格恩举着盆来接毒液，可当盆接满要溢出来的时候，她就得赶紧去把毒液给倒掉再回来，一去一来之间，毒液就会灼伤洛基的皮肤，腐蚀他的眼睛、鼻子和嘴唇。哎呀，他边号边扭，痛彻心腹。整个宇宙都为之颤抖，每一次地震都显示着阿萨神族复仇的快意。

为什么洛基接受了这样的苦难？他肯定是自愿承受的。他是最出色的变形者，他完全可以变成跳蚤，摆脱锁链逃走。可他还是留了下来。他是不是在等待，等待那不可避免的结局，好在末日时扮演自己的角色？还是他已经放弃了抵抗？特别是他害死巴德尔之后，惨剧愈演愈烈，洛基是否也开始痛恨自己的诡计？不管洛基接受惩罚的动机是什么，众神的报复也表明，复仇会报应到自己身上。想一想瓦利和纳里，我们对他俩一无所知。他们可能并无过错，没有罪过，只不过因为是洛基的儿子。父债子偿，这就是阿萨神族如此残忍地谋害这两个孩子的借口。多么可耻啊。洛基在众神之间搬弄是非，虽然动机可能不对，但最终还是算替天行道呢。

克瓦希尔的不朽诗篇

克瓦希尔的不朽诗篇

在这样一个充斥着暴力的宇宙中，你或许会觉得诗歌绝不可能繁荣起来，但情况并非如此。

在阿萨神族和华纳神族的战争结束时，双方所有的神灵都向一个大罐子吐唾沫，从唾液中，阿萨神族创造了克瓦希尔。正是这个克瓦希尔看到火焰里燃烧的洛基所编织的网，立刻认出了这是渔网，这让阿萨众神有了线索，最终抓住了洛基。克瓦希尔能了解万物，这不奇怪，他毕竟是由众神身体的一部分汇集而成的。他的本质是众神所掌握的所有广博的知识之集合，可上溯至时间开始的那一刻。对他来说，什么都算不上是谜。

满腹经纶的克瓦希尔走遍整个世界。矮人、巨人、众神都向他提问。农夫放下犁铧，妇人放下晒盐和纺织的工具，儿童不再喧哗，都聚集起来听克瓦希尔的讲述。如果他们提出了事实分明的简单问题，克瓦希尔就会直接回答。可如果他们问自己该如何做，希望克瓦希尔给他们一个肯定或者否定的回答时，衣服皱皱巴巴的克瓦希尔就会向后靠坐，眼睛慢慢闭上，鼓励他们说下去。他只是倾听、点头，人们会提出一个又一个问题，但很快就会自己找到答案。他这样帮助别人，很快就赢得了最棒诗人的名声，人们对他充满了景仰和尊敬。

上页图注：

矮人兄弟法亚拉和戈拉嫉妒克瓦希尔所得到的尊敬和仰慕。他们请他来自己的洞窟里吃饭，其真实目的则十分险恶。

古代北欧诗歌

奥丁和他的两只渡鸦，18 世纪的冰岛手抄本

在古代北欧社会中存在两种诗歌类型。斯卡尔迪诗歌风格高雅，要遵循众多的规则。在盛大典礼上才会吟唱。古冰岛散文诗则更加直白，可能是在普通民众的集会上表演的。但不管是哪种风格，诗歌和说故事的艺术都是社区生活中的重要元素。

这些口口相传的诗歌和故事记录了历史、信仰、希望和恐惧，也给看起来长夜漫漫的晚上增加了刺激。

但这也招来了矮人兄弟法亚拉和戈拉的嫉恨。他们邀请克瓦希尔来他们的地下洞窟赴宴。尽管头顶的钟乳石正滴下白垩的水滴，脚下的碎石又咔嚓作响，但克瓦希尔依然享用了美食，更别提食物都装在金匠精心打制的金盘里。饭后，法亚拉和戈拉邀请克瓦希尔去更深处的一个洞穴。在那里，他们刺杀了克瓦希尔，把他喷涌而出的血装在名为索恩和博登的两只罐子里，多余的血则装进一个名叫奥德里尔的大壶中。克瓦希尔巨大的心脏把身体里的血都给泵了出去。

法亚拉和戈拉给阿萨神族带话说，克瓦希尔被自己的满腹经纶给噎死了。他们在血中倒入蜂蜜，酿造成了蜂蜜酒。只要喝一口这种酒，任何人都能变成诗人。两兄弟把这蜂蜜酒给藏了起来。

又过了一段时间，巨人吉尔林和妻子来看望这两兄弟。巨人和他们邪恶的兄弟法亚拉和戈拉杀死了巨人吉尔林。当吉尔林的妻子来找他时，他们说巨人不小心溺死了，此时其中一个矮人跑开，找了一块磨盘石，扔到她头顶上，杀死了她。

吵了起来，两兄弟大怒，于是劝吉尔林去吹吹海风。他们带着巨人出来，来到围绕着中土的大海边，并把巨人乘坐的小船猛地推向海底的暗礁，小船翻了，巨人就溺死了。

两兄弟扶正小船，回到洞穴里，对吉尔林的妻子说，他不小心死掉了。女巨人泪如泉涌，眼泪甚至席卷了整个洞穴。巨人一旦伤心起来，怎么就没完没了了？于是两兄弟中的一人劝吉尔林的妻子一起去看看他溺死的地方，另一个则去寻找磨盘石。法亚拉和女巨人站在海滩上时，戈拉就把磨盘砸到了女巨人头上。

吉尔林和妻子生了一个孩子叫苏图恩。父母亲夜里没有回来，他就出来寻找了。法亚拉和戈拉颠来倒去地讲述他的父母如何死于一场不幸的事故，但苏图恩一个字都不相信。他一把抓起矮人兄弟的颈脖肉，提着他俩，大步涉入海水之中，打算松手让他们掉进海里。这里距离海岸太远，矮人根本游不回去。兄弟俩大难临头了。于是他们向苏图恩求饶，把用克瓦希尔的鲜血酿成的蜂蜜酒送给苏图恩来换两人的性命。苏图恩听后觉得这是一笔划算的生意，毕竟父母已死，不能复生，复仇的快乐又总是短暂的。

苏图恩只是小小啜了一滴蜂蜜酒，就把两个罐子和一个壶都装进他随身携带的一个石盒里。他把石盒藏在大山下面，还让自己的女儿格萝德来看守。

苏图恩并不算是聪明人，他大吹特吹自己的蜂蜜酒，弄得远近皆知。很快奥丁就知道了——我们知道奥丁有多么渴求知识。奥丁变成了一个巨人的模样，名叫布尔沃克。他大步穿过中土，来到苏图恩的兄弟巴乌吉的领地。九个工人正在挥镰除草。独眼的巨人布尔沃克好心地用磨刀石来打磨他们的大镰刀。经他打磨过的镰刀锋利无比，前所未见。他们都想买这块磨刀石。于是布尔沃克将石头高高抛入空中，仆人们冲过去抢石头，他们兴奋过头，拳脚相加，还都挥舞着刚

奥丁变形成一个巨人，遇见了在巴乌吉的田地上干活的仆人，还帮他们打磨了大镰刀，又把磨刀石扔到空中。仆人们一边冲过去抢磨刀石，一边用刚磨过的大镰刀互相砍杀。

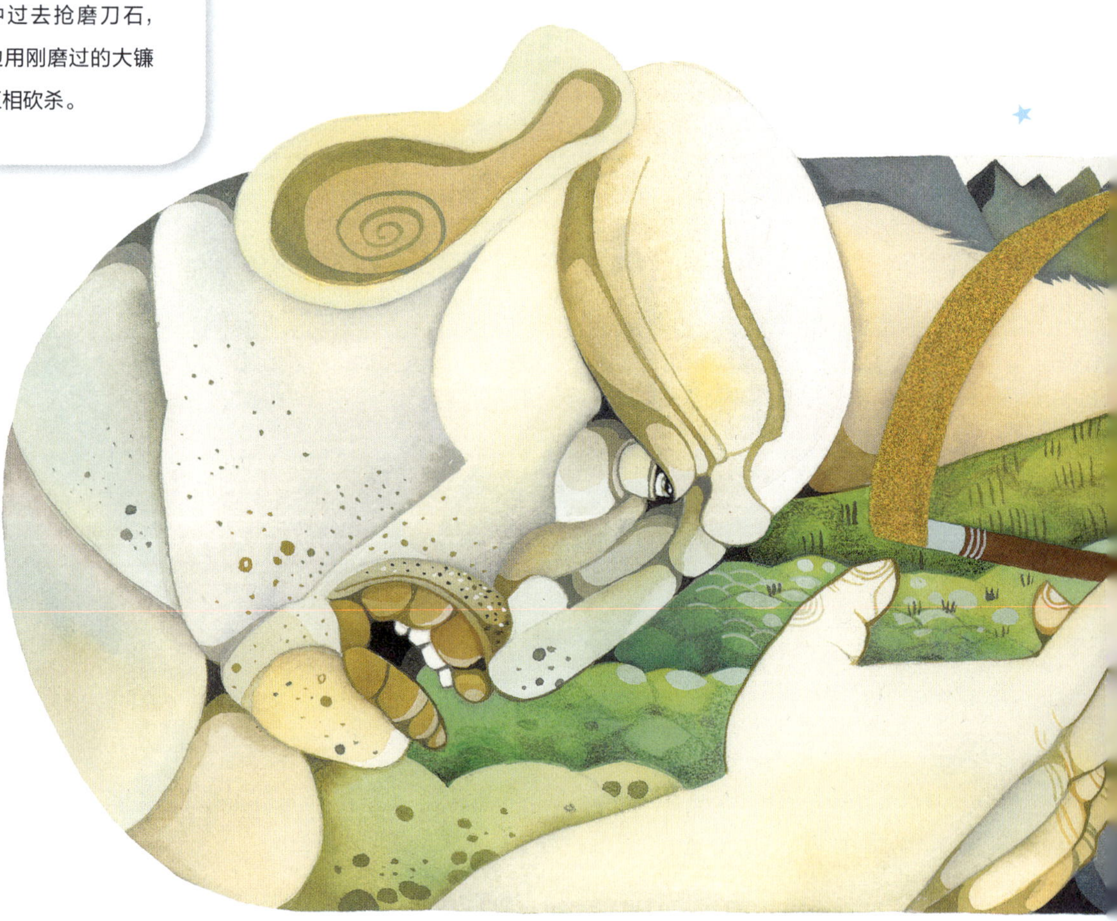

打磨过的镰刀。在一片混乱中，他们自相残杀，全部死去。

布尔沃克继续闲逛，打发时间，直到夜幕降临。他来到巴乌吉的家里，希望讨点吃的。巴乌吉此刻当然是孤身一人：他所有的仆人都死了。没有人来干地里的活计。奥丁假扮的巨人布尔沃克说自己可以在地里干活，报酬只是喝一滴蜂蜜酒。巴乌吉同意向自己的兄弟要酒。布尔沃克在巴乌吉的地里干了整整一个夏天的活。当他去讨要报酬时，苏图恩却拒绝了。

布尔沃克劝说巴乌吉帮他一同去偷出蜂蜜酒。巴乌吉之所以同意，

是因为打心底害怕这个干了九个仆人的活计，连一滴汗都没有流的巨人。他把布尔沃克带到藏酒的大山下，在山上钻了一个小孔。布尔沃克变形成一条蛇，从孔里钻了进去。巴乌吉还打算用钻子把蛇给掏出来，但蛇已经没了踪影，钻进了大山的深处。

苏图恩的女儿格萝德此时正在大山深处的密室里闲逛，她又孤单，又无聊，守护着父亲的石头盒子。突然，一个巨人在她面前出现，奥丁从蛇变回了巨人布尔沃克。布尔沃克唱了一首歌，这是奥丁悬挂在世界之树上垂死之际，学会的九首古歌之一。这个涉世未深的女孩立刻就昏了头。有个伴多好啊，有个如此英俊的小伙子陪在身边多么美妙啊。这个小伙子紧紧盯着自己，虽然只有一只眼，但这独眼又是多么激情似火。还有，谁能拒绝这样让人沉醉的歌呢？格萝德恋爱了。布尔沃克趁机向这个迷了心窍的姑娘要求喝三口蜂蜜酒。第一口，他喝干了奥德里尔之壶；第二口，他喝干了博登之罐；第三口，他喝干了索恩之罐。随后，他变成一只鹰，向阿斯加德飞去。

苏图恩看见老鹰从头顶飞过，立刻就知道蜂蜜酒被偷走了。他吟诵起咒语，他之所以能学会咒语，完全是因为尝过蜂蜜酒的原因，他也变成了一只老鹰。他在奥丁变成的老鹰后面振翅猛追。

阿萨众神看到奥丁变成的老鹰飞来，就在院子里摆满了瓢盆碗罐，指望能喝上奥丁带回的蜂蜜酒，可他们看见还有一只老鹰正在后面追逐，

奥丁变为巨人布尔沃克，对着年轻的女巨人格萝德唱了一首古歌，讨了她的欢心。于是她拿来了盛满蜂蜜酒的奥德里尔之壶，奥丁一饮而尽。

奥丁的肚子里灌满了神奇的蜂蜜酒，然后变成一只老鹰，飞回阿斯加德，身后还有一只老鹰穷追不舍——这就是巨人苏图恩变成的。奥丁把蜂蜜酒吐进下面的罐子里，苏图恩只能空手而归。

不禁紧张地绞起手来。

最终，老鹰奥丁逃脱了。他一飞冲天，俯冲过阿斯加德的城墙，将蜂蜜酒吐进众神准备的盆罐里，但有一些泼洒到了城墙外面，汇成了小水池。不管什么人经过水池，只要有胆量，就可以喝一口，业余的诗人就只能喝这么多。剩下的蜂蜜酒都归了奥丁自己，他有时会赏赐一滴给某个幸运的神灵或者凡人。

故事还没有结束。冰霜巨人们来到阿斯加德，寻找偷

走蜂蜜酒的巨人布尔沃克时，奥丁的骗术一点都不比洛基逊色，他发誓布尔沃克不在这里。冰霜巨人们看着奥丁的独眼，怎么就没发现他就是那个同样有着独眼的巨人布尔沃克，这还真是个谜。或许他们只懂得自己希望懂得的事情，因为挑战奥丁恐怕凶多吉少。他们只有回到悲伤的格萝德身边，什么消息也没有带回来。

但格萝德的内心深处一定是知道实情的，因为她后来生了名叫布拉吉的儿子。孩子长大后，她让孩子去找奥丁——母亲们都会把孩子送去找父亲。这个孩子吟诗作赋的能力无人能比，其词句似乎都在魔法蜂蜜

奥丁和女巨人格萝德的儿子布拉吉长大后精通诗词。他后来和阿萨神族一同生活，娶了女神伊敦恩为妻。伊敦恩在他的舌头上刻上了如尼古歌符文，让他的诗才更加出色。

酒的醇正香甜中浸润已久。奥丁任命布拉吉为诗歌之神，布拉吉又娶了女神伊敦恩，这个女神拥有能让众神永葆青春的苹果。她在丈夫的舌头上刻上了如尼古歌符文，让他的诗歌更加出色。布拉吉作为一位能吟唱雅歌、讲述故事的斯堪的纳维亚吟游诗人，能够捕捉到人们心中飘忽的思绪，用词语使其现出轮廓，加以勾画，最终为其赋予名称。在他的故事中，他讲述着多个大千世界中万物生灵的历史，让一切生灵都对辉煌的过去而心绪难平。他的诗歌让生灵得以不朽。

因此，即便在最晦暗的时势之中，诗歌也会兴起、流传。今日，不管你走到哪里，依然还能听到诗歌之声。痛苦和欢乐，还有一切其他的情绪，都是诗歌的原料。

毁灭

毁 灭

尽管拥有诗歌、故事、歌谣，但祸事还是不断发生。太多祸事、太多不幸、太多悲伤，都沉重地压在宇宙之上。

人类内部发生了斗争。乒乒乓乓，人间充斥着强盗和恶棍。乒乒乓乓，演化成战争。砰，啷，轰。城市对城市开战，邻居和邻居作对，最终带来了最恶劣的暴行：兄弟互斗，父子相残。砂石变为钢铁，流水为之尽赤。斗争蔓延、蔓延、蔓延，苦熬一年，又来一年，又来一年。第一个冬天刺痛双眼，双眼落泪；第二个冬天刺痛面颊，面颊流血；第三个冬天吞噬万事万物。再也没有夏天，一年到头只有冰封怒号，冰封怒号又一年，三年过尽仍冰封，一场铺天盖地的大雪带来了芬布尔之冬。这个血流不止的世界上只有阴云、风暴和冰雪。

滋润世界之树某一条根的圣泉乌尔达如今已经冻结了，从中汩汩流淌的命运泉水干涸了。顶天立地的梣树的根系开始腐烂，邪龙尼德霍格终于咬断了那根冻结的树根。世界之树的树叶开始变黄，从枝头飘落，可爱的诺伦女神也只能仰望和呜咽。世界之树在颤抖，颤抖永无止息。万物生灵都害怕地瑟缩起来。

苍穹战栗，树木摇晃，树根折断，砸向大地。巨石在震动中滚下山崖。一切都在崩坏。

锁链也纷纷崩裂。地狱里嚎叫的恶犬加姆挣脱了

上页图注：

人类互相残杀，宇宙也回应了这种暴行。冬天终年不结束，春天也是冰封一片，树根都腐烂了——世界之树的树根也没能幸免。苍穹裂开，狂风呼啸，巨蛇耶梦加得在地面蠕行。这一切都是众神的黄昏的前兆。

锁链。洛基凶恶的儿子，曾经一口咬掉神灵提尔胳膊的巨狼芬里尔，一直被捆绑在亚姆斯瓦提尼尔湖中央的兰格维岛上，如今也挣脱了缚狼索。巨狼邪恶的父亲洛基，一直被锁链捆在岩洞中，造成他苦难的是阿萨神族，仇恨日夜吞噬着洛基的心。这个变形大师也逃脱了锁链，如同野兽一样蹲在地上，一跃而起，飞奔而去。

阴风怒号，海浪咆哮，在一片混乱中，依然传来了三声公鸡的长鸣。在瓦尔哈拉圣堂，公鸡古林肯比高声长鸣，几乎使得金鸡冠震落地面。在巨人的鸟之森林，公鸡法亚拉一声长啼，它声音凄厉，翎羽鲜红。在地狱里，第三只公鸡长鸣来警醒死者。一切都已齐备。这就是最终之战：众神的黄昏的号角。伟大的末日之战降临了。

冰与火

赫克拉火山，冰岛，19 世纪

北欧人大约在 9 世纪中期向冰岛移居。这片土地十分严酷，中央的高地冬季寒冷刺骨。这片高地无人居住，只因火山频频爆发。在过去 1200 年间，冰岛的 130 个火山之中，有 18 个喷发过。火山喷发时，火山灰让天空灰暗，大地蒙尘，岩浆使得树木起火，杀死途经的一切生命。众神的黄昏之战中的场景：大火、大地崩裂，总让人想起火山喷发，你觉得呢？

毁 灭

在众神的黄昏之战开始时，三只公鸡会开始啼叫；巨蛇耶梦加得会离开大海，在大地上蛇行；亡灵离开地狱，爬上一艘船，加入这可怕的战争。

世界之树上掉下一根树枝，惊醒了巨蛇耶梦加得。巨蛇不再衔着自己的尾巴，它离开了大海，在大地上如噩梦般滚滚前进，翻卷着前往维格利德的荒野，留下身后长长的毒液之路。芬里尔在巨蛇身边奔跑，一同赶赴战场，沿途洒下嗜血的唾液。

与此同时，冰霜巨人也离开故土，带着满腔杀意登上一艘船，前往维格利德。洛基四下环顾，蹙起眉头。没有他，这仗可打不起来！他才是领袖！他要亲率大军摧毁阿斯加德。他将地狱中的亡魂聚集起来，带他们登上了另一艘名叫纳格法尔的船，向维格利德驶去。这艘船是用死人的手指甲和脚指甲做成的。

火巨人之王苏尔特高举火焰之剑，带领火巨人跨过彩虹桥。彩虹桥在他们的脚下崩裂。

海姆达尔吹响了加拉尔之号角，惊醒了众神。他们如何在天崩地裂之时还能睡着，这谁也说不清。他们跌跌撞撞地会合，懵懂地看着周围，真是四面楚歌。于是奥丁跨上神驹斯莱泼尼尔，狂奔到密米尔之泉旁，寻求智慧巨人密米尔头颅的建议。但哪里还有什么建议？奥丁所献祭的右眼就藏在泉水中，看穿今古。奥丁明白了：他们一向以战争来解决问题，如今也要靠战争让一切终结。生活在瓦尔哈拉和福尔克万加殿的男

瓦尔哈拉和福尔克万加殿的男女神灵，以及战死的勇士都全副武装，前往战场，奥丁在最前方手持冈格尼尔长矛带领队伍。

女神灵，以及战死的勇士，都穿盔戴甲，前往维格利德，奥丁手持冈格尼尔长矛走在最前方带领队伍。

奥丁和巨狼芬里尔一见面就开始捉对厮杀，这就是信号，血战开始了。火巨人苏尔特手持火焰之剑杀向弗雷。弗雷大概心中很是后悔：当初为了娶吉尔德，他将自己最好的神剑交给了斯基尼尔。他只有奋力一搏，将鹿角插入了苏尔特的眼睛。唰、唰，苏尔特挥剑砍死了弗雷。海拉的恶犬加姆冲着提尔

的喉咙扑去，一神一犬血洒大地。托尔挥起雷神之锤砸死了耶梦加得，踉踉跄跄向后退去，但退到第九步时，他也一头栽倒在地，被巨蛇的毒液所击败。洛基和海姆达尔同时投出标枪，两人都倒地而死。奥丁和芬里尔已经精疲力竭，尽管冈格尼尔长矛插在胸前，芬里尔还是奋起最后的力气，张开血盆大口，将奥丁一口吞了下去。奥丁之子维达尔见状立刻撕开芬里尔的嘴巴。巨狼死去了，奥丁也一同死去。火巨人苏尔特挥舞着火焰之剑，让一切都燃起烈焰，而他本人也不支倒地，弗雷死前的一刺，让他逐渐失去了视力和生命。

当各个宇宙的一切生灵在众神的黄昏之战中厮杀时，所有的宇宙都毁于一旦。大火吞没了世界之树；狂风夺去了生灵的呼吸；九个世界都坠入大海中。

从时间的开始，天狼斯库尔就在太阳的身后追逐，龇牙嚎叫。如今天狼终于捉住了太阳，獠牙深深咬进去，将太阳吞入腹中，从此白昼就没有了光。而一直跟在月亮身后，垂着舌头追赶的巨狼哈提也捉住了月亮，毫不迟疑地把月亮嚼碎。夜空变得一片漆黑，甚至没有一颗星星发光。

所有九个世界都燃起了大火，宇宙变成了炙热的熔炉。罡风让尚且残存的人没了呼吸，世界之树倒塌了。矮人的熔炉倒地，让神树也燃起大火。九个世界一个接一个落入大海中。

时间终止了。

然而，大地依然从大海中升起来了——异常艰难，但天数有常，必将如此。还记得吗？一切都是命运所注定的，一切早有定数。

光芒复现大地，太阳在死去之前生下了一个女儿。女儿和她一样勤快，每天按着母亲的轨迹前进。植物生长，鱼类遍布大海，鸟儿在天空飞翔。生命从死亡中诞生，正如远古时代，始祖神博尔的三个儿子利用巨人伊米尔的尸体创造了众多的宇宙，正如冬去春来。

毁 灭

神灵巴德尔，曾经将他杀死的弟弟霍德尔，还有另一个曾杀死霍德尔的弟弟瓦利，都活了下来，他们并肩走在芳草地上，彼此不再有怨恨。奥丁的另一个儿子，那个为奥丁之死报了仇的维达尔也活了下来。托尔的儿子摩迪和曼尼也得以幸存，并且还保存着铁锤之王：雷神之锤。最后幸存的是海尼尔，这个身形庞大的神灵曾因为一言不发，导致密米尔被人砍掉了脑袋。他如今已经变得能遍览万物，预测未来。七位阿萨神灵将会统治各个新的宇宙。

两个人类藏在世界之树中得以幸存，他们是莉芙和莉芙萨西尔。二人将会生下子女，繁衍新生代的人类。善良的人类将遍布新的宇宙。

巨龙尼德霍格也活了下来，并且有其使命。邪恶的人将会在冰冷的地方死去，那儿所有的门都正对着北风，所有的河流都翻腾着毒液。尼德霍格将吸食死者的灵魂，一滴不剩，留下零落一地的白骨。

这个新生的世界将是美好而平和的。

众神的黄昏是结束。

而这是新生。

人类莉芙和莉芙萨西尔在末日之战中幸存，他们繁衍的后代，重新布满整个宇宙。巨龙尼德霍格也活了下来，将会为所有邪恶的人带来灾难。这样，新世界注定将拥有一个公平、美好的未来。

Heimdallur mz Giallar hornid
Þa han blæsi horned heyrest um allⁿ heim.
Heimdallur er sama og Mercurius i þeirre latinsku Eddu. Hann er sendi bode Gudanna & þvy hefur han vængi a höfdi & polum, um han ma lesa XXV. Eddu D.

后　记

最早见诸史册的北欧神话来自1180年前后的冰岛史诗。到了1225年左右，斯图拉的儿子，冰岛人斯诺里带来了一份巨著，名叫《新埃达》，也被称为《散文埃达》。我们今日所了解的北欧神话大多来源于这本书。

今天我们所看到的许多北欧文本，其实都是所谓"斯堪的纳维亚诗歌"，由富有经验的诗人创作，并且在宫廷盛会上表演。斯堪的纳维亚诗歌要遵循复杂的规则，例如文内的节奏、头韵和押韵，以及其他重音的问题。其结果就是诗歌的句法极其繁复，甚至学者们有时候都不确定某段诗歌的具体意义为何。

斯诺里不仅写了故事和诗歌，还写了一本诗歌手册，解释了诗歌的结构，手册的前言还梳理了神话的历史背景框架。有一些冰岛史诗可能是斯诺里本人写的，有一些则是在他死后由别人写成，直至14世纪前期都有创作。《散文埃达》正是收录于《皇家手稿》。

除了斯诺里的著作外，还有一本著作，叫《诗体埃达》，被收藏于《皇家手稿》。该著作包含大量对格律要求比较宽松的诗歌，其风格因此被称为"埃达体"。这些诗歌没有署名，不管什么人，在什么场合，都可以吟唱。诗歌本身语义明确，很容易理解。

左侧是18世纪冰岛手稿的插画，描绘了神灵海姆达尔吹起加拉尔号角召唤阿萨神灵来开会。

写这本书时，我参考了以上两部作品，并且也遇到了两本书在神话讲述上的一些不一致之处。这些不一致的地方可以分成三种类型，类型不同，我在本书中也有不一样的处理。

第一种不一致是自相矛盾。由于读者很有可能会发现，所以我得正面回应。在《众神复仇》这一章中，洛基被捆了起来，直至众神的黄昏之战开始。洛基精通变形之术，他本可以轻松地变成一只跳蚤逃掉。我查询的典籍对于这个自相矛盾之处也没有说明，于是我在该章末尾将这个疑问抛给了读者。还有，有时候书中的角色似乎并不知道未来的命运，然而他们应该是知道的。例如在《酿下大错》一章中，洛基变成一个老妇人，去问弗丽嘉宇宙中是否有什么东西没有起誓不去伤害巴德尔。弗丽嘉知道未来，所以她本不应该告诉洛基，如果是命运使然，她一定会忍不住告诉洛基的话，那就会把自己锁起来，以免发生这一切，因为她明明知道洛基会干什么。然而，她直接就告诉了洛基，似乎她并不知道后果是什么。所以我也在那一章中对她的举动提出了疑问。

第二种不一致是事实不一致。例如在《伊敦恩的苹果》这一章中，奥丁、洛基和海尼尔饥肠辘辘，他们在野外烤的肉总也烤不熟，因为一只老鹰对这块肉施了魔法。奥丁馋得直流口水，但奥丁不是只喝酒不吃东西的吗？但是若指出这个不合情理之处，又会让这个故事大煞风景。于是我在讲述时，直接没有提奥丁，他是否吃肉对于这个故事无关紧要，我也就无须提醒读者这矛盾之处。还有一例，在《诗体埃达》中，奥丁的兄弟叫威利和维，但后来我们发现，赋予人类生命的三个神灵是奥丁、海尼尔和洛德。在《散文埃达》的记录中，这三个神是博尔的儿子，可除此之外，再没有记录显示博尔有三个以上的儿子。这些神灵的名字对于人类的起源如此重要，我不想放过这些名字。于是我就写神灵的数目开始增长，并且没有提这三个神和那三个神是不是兄弟。还有，奥丁有一个儿子叫瓦利，洛基也有一个儿子名叫瓦利，学者指出这两个人的名字可能混淆了。于是我就保留了《诗体埃达》中给两个神灵起的名字，并且在提到这两个神明中的一个时会特别指明是哪一个瓦利。还有，本书中有一个矮人和一只公鸡都叫法亚拉。其实，在北欧神话中，任何骗子都会被称为法亚拉，所以这可能并不是名字，而是一个称号（就像我们会称某人为骗子手一样）。

第三种不合情理之处是时间。在《众神复仇》这一章中，洛基在一场盛大的宴会上，放肆地侮辱了每一位神灵，他长篇大论的挖苦也包括了诗歌之神布拉吉。不久之后，克瓦希尔就和众神一同抓住了洛基。然而布拉吉明明是克瓦希尔死后才出生的。于是我就这样处理：我在洛基辱骂的众神中并没有提布拉吉的名字，反正他也没有在晚宴上就此做出什么出格的反应，这也就不会让读者感觉智商被侮辱了。还有一个不合情理之处，是在《弗雷和吉尔德》一章中，斯基尼尔向吉尔德献上了德罗普尼尔指环作为弗雷的彩礼，这个故事来自《诗体埃达》的“斯基尼尔之歌”部分，和其他故事是否有时间上的连贯性也并不确定。在我看来，为了讲故事的效果，这个故事应当紧接着《丝卡蒂和尼奥尔德》这一章，于是在本书中我也是这样安排的。然而戒指这一块就出现了问题。还记得吗？德罗普尼尔指环是矮人布洛克献给奥丁的礼物。在巴德尔的葬礼上，心碎的奥丁将指环扔向了巴德尔的棺材：那艘熊熊燃烧的小船。后来，当海姆德前往地狱，打算救回巴德尔时，巴德尔又把德罗普尼尔指环还给了海姆德，嘱咐他归还给奥丁。我不知

这是17世纪冰岛手稿的插画，一侧是瓦尔哈拉圣堂，一侧是巨蛇耶梦加得。

道为什么指环会到斯基尼尔手中，或许斯基尼尔得到指环时，洛基已经死了。可在我这本书讲述这个故事时，洛基还活着。因此我只好说，大家都可以尽情猜想斯基尼尔是怎么得到了指环，好让读者们的困惑稍稍减轻一些。

这三种类型的不合情理之处倒也有趣，我在许多神话故事中都发现了时间不一致之处，无论是古希腊还是古埃及的神话，这可能部分是因为不同的人在不同的地方写下了不同的故事，他们又不清楚对方写的是怎样的（或者也不屑于追求彼此一致），这就导致了矛盾之处。当然了，传统故事也总是会出现很多的变种。但这可能也说明了神话有时候未必遵守线性的年代叙事，在一个充满魔法的世界里，时间也未尝不可折叠循环。

北欧历史大事年表

公元前 8000—4000 年

冰川逐渐融化，斯堪的纳维亚半岛变得适宜人类生存。

约公元前 4000 年

狩猎部落追随驯鹿进入斯堪的纳维亚半岛南部。他们是萨米人的祖先（至今萨米人依然生活在北极圈以北）。岩画也可上溯至这个时期。

约公元前 1550 年

瑞典中部和挪威西部开始有部落定居。贸易商人从波罗的海出发，沿着内陆河流直抵地中海。这条贸易路线被称为琥珀之路，因为琥珀是名贵的北方特产。

公元前 1000 年

印欧部落开始在斯堪的纳维亚半岛定居；原始的日耳曼语言发展出其特色。

公元前 500 年

斯堪的纳维亚半岛开始了铁器时代，这是由于本地居民和南方的拉特尼凯尔特文明有了接触。

公元前 450—前 50 年

斯堪的纳维亚人和凯尔特人贸易往来密切，凯尔特人占据了大半个欧洲，正在和希腊人及罗马人战斗。

公元前 200 年

斯堪的纳维亚部落迁入德国和东欧，取代了当地的凯尔特人，许多凯尔特人因此迁居到不列颠诸岛和爱尔兰。原始日耳曼语的北方支系开始形成了古代北欧语。

古代—150 年

大约公元前 3000 年，丹麦的居民开始使用木板来建造小舟的边缘。大约在公元前 2000 年至前 500 年，这些小船逐渐发展成两端都树立高杆、船首雕刻龙头或其他动物形状的风格。在 100—150 年左右，这些船只变得更长，有横向的船板、肋拱、以橡木制成的船端立柱，中部更加宽阔，用来放置桅杆和船帆。船只两侧则有桨架，用于放置船桨。这些船只灵活又快速。

公元前 150 年

我们所知的最早的如尼古歌文字来自公元前 150 年。在丹麦和德国北部均有发现。这些如尼字符从刻在石头上的古代意大利语字母发展而来。其用途是个谜，或许是用来给部落命名的，或许是魔法符号。

约公元前 120 年

罗马人定居在欧洲各地。大约在公元前 58—前 51 年，一个被称为哥特人的斯堪的纳维亚部落从瑞典进入中欧。公元前 25 年，日德兰半岛的丹麦人与西欧贸易往来密切。

约 325—500 年

不同部落征战频繁，特别是日耳曼人和罗马人更是经常交战。大海上海盗猖獗。匈人、中亚的游牧民族、高加索的山地居民，还有东欧人，都被阿提拉统一在麾下。阿提拉在433—452 年之间，征服了大半东日耳曼的土地。他沉重打击了罗马人的势力。476 年，西罗马帝国灭亡。

约 450—650 年

西日耳曼部落再加上日德兰群岛的部落，共同侵略了英伦诸岛，并在那里定居下来。

约 550—790 年

瑞典东部的乌普萨拉成了重要的经济区，向外出口铁、毛皮和奴隶。此处的马匹也以力大蹄轻而闻名。

约 500—1160 年

丹麦人在日德兰半岛南部建造了长城丹麦土垒来抵御南方的法兰克部落。（尽管书面材料说建造始于 808 年，但 2013 年的碳测年结果表明建造其实起源于 500 年之前。）

772—785 年

法兰克王国（占据了西欧大部分地区）的君主查理曼于 772 年发动战争。在 778—785 年之间，丹麦人支援了萨克森人，共同抵抗查理曼的进攻。

约 790—1066 年

北欧海盗的时代。北欧海盗洗劫了英格兰、苏格兰和爱尔兰，西班牙、法国、威尔士以及德国也遭到劫掠。848—871 年之间，挪威人为了控制爱尔兰和丹麦人开战。大约在 860 年，北欧人发现了冰岛；十年之后，他们开始在岛上定居。878 年，阿尔弗雷德大帝强迫丹麦人改变信仰，许多丹麦人和挪威人逃往冰岛。912 年，北欧海盗夺取了北方法兰克的土地，这片土地就是日后的诺曼底。947 年，挪威人改变信仰；丹麦人很快也这样做了。982 年，红胡子埃里克发现了格陵兰；四年之后，北欧海盗开始在格陵兰定居。大约在 1000 年，莱夫·埃里克松最早发现了北美洲大陆，但当地原住民把他给打跑了。在新千年的前半个世纪里，诺曼人（其实就是北欧人的后裔，但是讲法语）入侵意大利和西西里。1066 年，诺曼人占领了英格兰。在此之后就再也没有“北欧海盗入侵”了，对古老神灵的信仰也随之凋谢。

人物介绍

巴德尔

北欧名称：Baldr

特点：英俊而又甜美，被兄弟霍德尔所杀

家族：奥丁和弗丽嘉的儿子

配偶：南娜

芬里尔

北欧名称：Fenrir

特点：咬掉了奥丁的儿子提尔的胳膊，在众神的黄昏末日之战中杀死了奥丁

家族：洛基和冰霜女巨人安格尔伯达所生的巨狼儿子

配偶：不详

布洛克和辛德里

北欧名称：Brokk and Sindri

特点：制造了雷神之锤、加拉尔号角，还有奥丁的德罗普尼尔指环

家族：矮人兄弟

配偶：不详

弗雷

北欧名称：Frey

特点：土地丰产之神

家族：尼奥尔德的儿子，弗蕾娅的孪生哥哥

配偶：吉尔德

布里

北欧名称：Búri

特点：第一个神灵，博尔的父亲，奥丁的祖父

家族：奶牛欧德姆布拉从冰块里把他舔了出来

配偶：不详，但可能是一个冰霜女巨人

弗蕾娅

北欧名称：Freyja

特点：美貌，穿着隼羽制成的长袍

家族：尼奥尔德的女儿，弗雷的孪生妹妹

配偶：奥德，失踪了

弗丽嘉

北欧名称：Frigg

特点：先知先觉，是巴德尔和霍德尔的母亲

家族：阿萨女神

配偶：奥丁

海拉

北欧名称：Hel

特点：主管那些因疾病或年迈而死的人所在的地府

家族：洛基和冰霜女巨人安格尔伯达所生的女儿

配偶：从未结婚

吉尔德

北欧名称：Gerð

特点：美貌

家族：巨人吉米尔的女儿

配偶：弗雷

霍德尔

北欧名称：Hod

特点：天生眼盲，被欺骗杀死了自己的哥哥巴德尔

家族：弗丽嘉和奥丁的儿子

配偶：不详

海姆达尔

北欧名称：Heimdall

特点：守护着阿斯加德的入口，也是各阶层人类的祖先

家族：奥丁的儿子

配偶：不详

伊敦恩

北欧名称：Iðunn

特点：拥有能让众神永葆青春和力量的苹果

家族：阿萨女神

配偶：布拉吉

耶梦加得

北欧名称： Jörmungand

特点： 能围绕中土世界一圈，并在最终之战里杀死了雷神托尔

家族： 洛基和冰霜女巨人安格尔伯达所生的儿子，是一条巨蛇

配偶： 不详

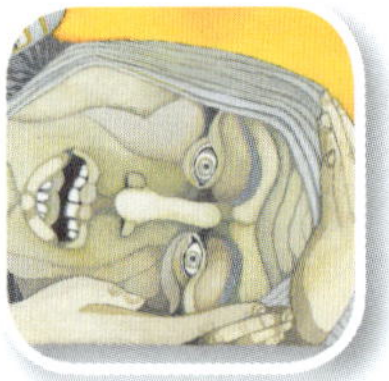

密米尔

北欧名称： Mimir

特点： 拥有智慧和记忆，头被华纳神族砍下

家族： 巨人，或许是奥丁的母亲贝斯特拉的兄弟

配偶： 辛玛拉

克瓦希尔

北欧名称： Kvasir

特点： 知识广博，有吟诗的才能

家族： 在阿萨神族和华纳神族的唾液中诞生

配偶： 不详

尼奥尔德

北欧名称： Njord

特点： 智慧，热爱船只和海港

家族： 华纳神族，和他的孪生子女一同被交换到阿萨神族

配偶： 丝卡蒂

洛基

北欧名称： Loki

特点： 变形，带来麻烦

家族： 巨人法布提和女神劳菲之子

配偶： 至少有三个妻子

奥丁

北欧名称： Óðinn

特点： 独眼，智慧，统治阿斯加德

家族： 博尔和贝斯特拉之子

配偶： 弗丽嘉

丝卡蒂

北欧名称：Skaði

特点：驾驭滑雪板在雪原上飞驰

家族：巨人蒂阿兹之女

配偶：尼奥尔德

托尔

北欧名称：Þórr

特点：雷神之锤，凶猛的战士

家族：奥丁和大地之子

配偶：西芙

斯基尼尔

北欧名称：Skirnir

特点：弗雷的仆人和信使

家族：不知

配偶：不详

索列姆

北欧名称：Þrym

特点：扣下了雷神之锤，用来交换弗蕾娅做他的妻子

家族：冰霜巨人之王

配偶：不详

斯克里米尔

北欧名称：Skrymir

特点：他的巨型手套足以让托尔和全班人马睡在里面

家族：约顿海姆巨人之王

配偶：不详

瓦尔基里氏

北欧名称：Valkyrja

特点：将负伤的士兵带往瓦尔哈拉

家族：未知

配偶：有些结婚了

图书在版编目（CIP）数据

北欧神话 ／（美）唐娜·乔·纳波利
(Donna Jo Napoli) 著 ；（英）克里斯蒂娜·巴利特
(Christina Balit)) 绘 ；杜冬译. --南京 ：译林出
版社，2024.5
（国家地理神话故事宝库）
书名原文：Treasury of Norse Mythology
ISBN 978-7-5447-9776-4

Ⅰ.①北… Ⅱ.①唐… ②克… ③杜… Ⅲ.①神话－
作品集－北欧 Ⅳ. ①I530.73

中国国家版本馆 CIP 数据核字（2023）第087791号

All artwork by Christina Balit unless otherwise noted below:

3 (INSET), Vito Palmisano/Getty Images; 11 (INSET), filmfoto/Shutterstock; 21 (INSET), Werner Forman Archive/Statens Historiska Museum, Stockholm/Heritage-Images/Art Resource, NY; 31 (INSET), Ko Backpacko/Shutterstock; 37 (INSET), Oldmantravels/Flickr; 45 (INSET), Werner Forman Archive/Statens Historiska Museum, Stockholm/Heritage-Images/Art Resource, NY; 53 (INSET), Detail of figures illustrating a saga, from the Isle of Gotland (stone) by Viking (9th century), Historiska Museet, Stockholm, Sweden/Bridgeman Images; 61 (INSET), David Robertson/Alamy; 61 (INSET BACK), Chanwut Jukrachai/Shutterstock; 69 (INSET), The Market of Tlatelolco, detail from the Great City of Tenochtitlan, from the cycle "Pre-Hispanic and Colonial Mexico," 1945 (mural) (see also 97395), Rivera, Diego (1886–1957)/Palacio Nacional, Mexico City, Mexico/Bridgeman Images; 77 (INSET), Shutterstock; 85 (INSET), © Juan Carlos Munoz/Robert Harding World Imagery; 95 (INSET), Fedorov Oleksiy/Shutterstock; 105 (INSET), Soldiers for the Norwegian King Sverre, Torstein Skevla and Skjervald Skrukka carrying the king's son Hakon Hakonsson, 1869 (oil on canvas)/ Bridgeman Images; 115 (INSET), simonekesh/Shutterstock; 123 (INSET), Henrik Larsson/Shutterstock; 133 (INSET), Jason Steel/ Shutterstock; 141 (INSET), Odin, with his two crows, Hugin (thought) and Munin (memory) (pen & ink on paper), Icelandic School (18th century)/Royal Library, Copenhagen, Denmark/Bridgeman Images; 155 (INSET), NMPFT/Science Museum/SSPL/Getty Images; 164, Heimdall Blowing His Horn Before Ragnarok, from "Melsted's Edda" (pen & ink and w/c on paper), Icelandic School (18th century)/ Arni Magnusson Institute, Reykjavik, Iceland/Bridgeman Images; 168, Valhalla and the Midgard Serpent, 1680, Icelandic School (17th century)/Arni Magnusson Institute, Reykjavik, Iceland/Bridgeman Images

著作权合同登记号 图字：10-2022-75 号

北欧神话 ［美国］唐娜·乔·纳波利／著 ［英国］克里斯蒂娜·巴利特／绘 杜冬／译

总 策 划 葛庆文
执行策划 陈 叶 彭 波
执行统筹 彭 波 王 维
责任编辑 王 维
装帧设计 韦 枫
校　　对 王 敏
责任印制 单 莉

原文出版 National Geographic Partners, LLC, 2015
出版发行 译林出版社
地　　址 南京市湖南路 1 号 A 楼
邮　　箱 yilin@yilin.com
网　　址 www.yilin.com
市场热线 025-86633278
排　　版 南京新华丰制版有限公司
印　　刷 鹤山雅图仕印刷有限公司
开　　本 889 毫米 ×1194 毫米 1/16
印　　张 11.5
插　　页 4
版　　次 2024 年 5 月第 1 版
印　　次 2024 年 5 月第 1 次印刷
书　　号 ISBN 978-7-5447-9776-4
定　　价 129.00 元

国家地理神话故事宝库

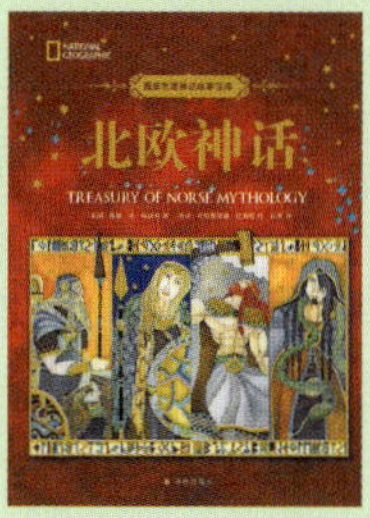

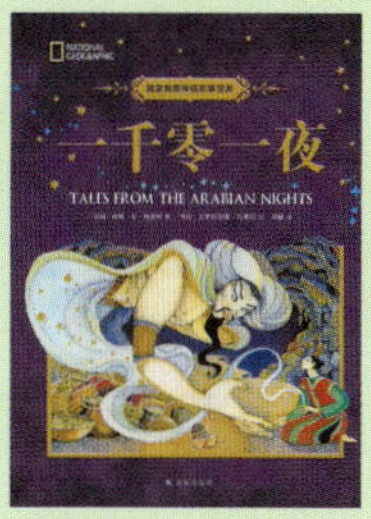

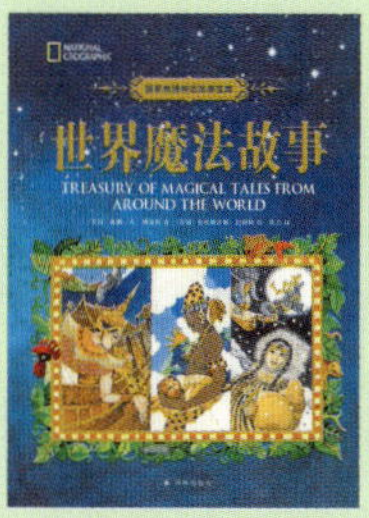

了解人类文明，开启智慧之门

- 扣人心弦的故事
- 清晰生动的叙事
- 科学严谨的知识
- 色彩丰沛的插画

语言学家专为青少年编写，屡获殊荣

- 美国儿童图书馆学会杰出童书奖
- 美国优质童书奖
- 《学校图书馆》杂志年度图书
- 长居亚马逊儿童古代历史畅销书榜

作者简介

唐娜·乔·纳波利

语言学家、诗人、童书作家，在哈佛大学获得数学学士学位、意大利文学硕士、语言学博士学位，现为斯沃斯莫尔学院语言学教授。她对神话、民间传说和童话有浓厚的兴趣，并长期进行研究，著有七十多部童书，这些作品曾获金风筝奖、美国优质童书奖、父母选择金奖等，入选美国《学校图书馆》杂志年度图书、《柯克斯书评》年度图书等。

绘者简介

克里斯蒂娜·巴利特

插画家、剧作家，毕业于英国切尔西艺术学院和皇家艺术学院，已为三十多部童书绘制了插图。作品曾入围英国凯特·格林纳威奖短名单，获得英国英语协会图书大奖等。